吉檀迦利

[印] 泰戈尔 著　闻中 译

GUANGXI NORMAL UNIVERSITY PRESS
广西师范大学出版社
· 桂林 ·

吉檀迦利
JITANJIALI

图书在版编目（CIP）数据

吉檀迦利 / （印）泰戈尔著；闻中译. —桂林：广西师范大学出版社，2018.6

ISBN 978-7-5598-0806-6

Ⅰ. ①吉… Ⅱ. ①泰…②闻… Ⅲ. ①散文诗—诗集—印度—现代 Ⅳ. ①I351.25

中国版本图书馆 CIP 数据核字（2018）第 074793 号

广西师范大学出版社出版发行

（广西桂林市五里店路 9 号　邮政编码：541004
网址：http://www.bbtpress.com）

出版人：张艺兵

全国新华书店经销

湛江南华印务有限公司印刷

（广东省湛江市霞山区绿塘路 61 号　邮政编码：524002）

开本：889 mm × 1 194 mm　1/32

印张：8　　　　字数：80 千字

2018 年 6 月第 1 版　　　2018 年 6 月第 1 次印刷

印数：00 001~10 000 册　　　定价：38.00 元

泰戈尔（1861—1941）

目录

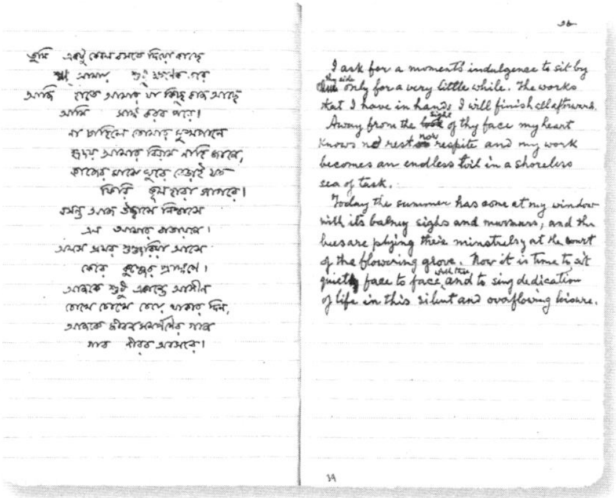

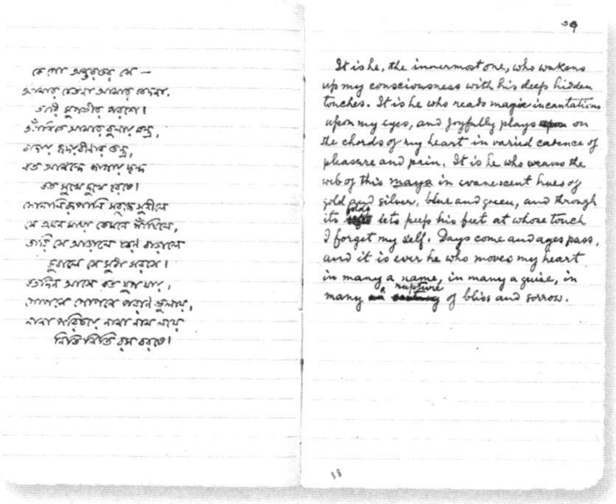

诗人的英文与孟加拉语《献歌》对照手稿本

序　一

我的“献歌”

闻中君新译《吉檀迦利》，嘱我写几句话，我犹豫再三，难却这份信任，但终归忐忑，因为中国人太熟悉《吉檀迦利》，熟悉到都无话可说了。

我把闻中君的新译分别存在不同地方，手机上、电脑上，并打印了纸质版，无论到何处，随身总有一个可读的文本。不长的文字我却读了很长时间。奇怪的是，我虽然读过《吉檀迦利》不少译本，这次新读，却仍如初读，甚至梦里也出现过文中的句子。经典作品，是不是都有这种日新日日新的阅读新鲜感？

凌晨，一轮新月穿过窗户，白得耀眼。我难以入睡，起，断断续续写下这些字，作为给这部新的《吉檀迦利》的“献歌”和对闻中君为泰戈尔更深地走进中国的人心所做贡献的感谢：

1

湛蓝的天际，飘过一缕缕白云，
我不知道白云上面是什么，有什么。
但我知道白云下面站着我及与我一样的很多人，
我们都在仰望着白云，在不同的位置，
默念着不同的愿望。
但都朝向你，白云。

2

狂风暴雨骤至。衣衫褴褛的我，
屈身寻找庇护之所。周围都是像我一样的人。
一道闪电划过，我看到了自己狼狈的影子。
我羞愧难当，于是直起身子，
抻了抻湿透的衣襟，
不再屈身。

3

春天花开了，漫山遍野，红蓝橙紫。
我的心像拂过群花的清风，透明，澄净。
我私语着每一朵花，交流着一个共同的秘密：
酷暑会至，寒冬会来，我们也会再聚。
群花含笑点头，等着陨灭，
和下次新的绽放。

4

一个乞丐，走在衣饰华丽的人群中，
托着一只破碗，却不哀求，更不呻吟。
无人扭头看看这个同是人的人。
一个小孩跑过来，把一枚硬币放到他的碗里，
乞丐朝小孩笑了笑，街上吹过一阵清风。
有谁知道，乞丐，就是人心。

5

一只刚学飞的鸟儿，在树下歇息，微喘嘤嘤。
我从她身边走过，她竟毫不避我，
歪着头，眼珠滚动，看着我。
我伸手去捉，她才惊恐飞走，不再回头看我。
我们人啊，最初就是这样单纯的鸟，
何时开始，日日惶惶，如被惊弓？

6

未知的世界啊，我们都渴盼着你。
只有你知道，有多少人能寻找到你。
甘美的泉，累累的果，都是羁绊。
险峻的山，翻卷的河，都是羁绊。
但我们仍在前行，路上尸骨垒着尸骨，
倒毙的姿势，都是朝前。

7

每次黑夜降临，落日都会留下一抹余晖为她照路。
每次旭日初升，黎明都会留下一丝朦胧为他遮阴。
都以为黑夜与白昼的进退，是一场拼死的搏斗，
不共戴天，有你没我。
却不知夜是昼的夜，昼是夜的昼，
白是黑的白，黑是白的黑。

8

思绪有时就像一团燃烧的熔浆，奔突，恓惶，
就像树上惊飞的鸟群，寻找下一次的安静。
谁能给我安静？对我的哀求，诸神无动于衷。
我在燃烧中思索，恍然大觉：
烈焰中的安宁，不能靠水，
只能靠更烈的火！

9

等待，等待，心中的神，
夜色越来越深，等待的人，很多睡了。
神还没来。神已来了，他在看着等待的人：
等待的人守着夜，神在守着人的心。
最能忍受黑夜中的孤独的人，
才能见到神的真身。

孙宜学
2017 年 8 月上海酷暑中

孙宜学　同济大学国际文化交流学院副院长、教授、博士生导师，曾在英国爱丁堡大学进行博士后研究，美国弗吉尼亚大学访问学者。主要从事比较文学与世界文学、泰戈尔与中国、海外汉学、汉语国际传播等研究，已出版学术专著十余部，编、译著四十余部，主持大型丛书“西方近代思想文化经典译丛”等；现担任中国比较文学学会理事、上海市比较文学研究会副会长等职务。

序　二

泰戈尔与“人神恋歌”的传统

1

印象里面，泰戈尔的诗已经有太多的中文译本了。尤其是泰翁的成名作《吉檀迦利》，从“五四”以来，诸多大匠高明倾注心血，译出了一版又一版的传世精品。然则闻中子汲汲乎何为哉？生在二十一世纪的网络时代，他能比冰心、郑振铎更擅长传达天竺的诗情画意、田园风光？

带着这样一个疑问，我打开了他传过来的这个崭新的《吉檀迦利》译本。通篇浏览一遍，忽然感受到了一种全新的阅读体验。闻中翻译的《献歌》（《吉檀迦利》英译名），不再留恋于华美绚丽的辞藻、缠绵甜腻的抒情，确实，这些都已经成为光与影，不再是打动读者的原动力。在这个新译本里，透过清新简约、高华劲健的文字，一种新的灵性的光芒几乎照耀了全篇，使这份来自古老恒河菩提树下的千古绝唱再次放射出奇异而圣洁的豪芒。一个陌生而又神秘的泰戈尔蓦然呈现在我们面前，他不再是戴着月桂之冠的田园诗人，而是显露出了圣者的面容和觉悟者的道袍。是的，这才是真正的泰戈尔，灵性的泰戈尔，圣人泰戈尔！

在泰戈尔的家乡——孟加拉地区的加尔各答旧城，他被乡人们尊称为“Thakur”。这是一个神圣的称号，只有精神成就卓越非凡的灵性大师、至上天鹅才配得上的尊贵头衔。在加尔各答、在寂乡（Santiniketan），泰戈尔的故居都是供人们朝觐的圣地。在孟加拉人的心目中，泰戈尔不是一般的世俗中人，他是Kaviraja，一位诗圣；他是Bhakta，一位虔信的奉献者。因为，他将孟加拉最伟大的灵性传统——Bhakti，虔敬奉爱的精神，通过他的献歌，传扬到了全世界，征服了彼时不可一世的西方文化精英。昔日，泰翁也曾受邀访问过中国。可惜，二十世纪初的中国文化界，不免浮躁好斗、急功近利，对这位真正的泰戈尔，以及他所依托的广博精纯的灵性传统，不但全无解悟、浑然麻木，甚且大加怀疑与抨击，唯恐古印度的灵气阻碍了物质进化的步伐。因为受到左右两派知识精英的无情夹击，满怀交流希望的泰翁只得黯然返国，留下一声深长的叹息。

孟加拉是兴起于十六世纪的巴克蒂运动的策源地。这场运动的发起者名叫契檀尼耶（Caitanya，1488—1533），他少年时就已经是一位远近闻名的婆罗门学者，以传授韦陀为业。二十四岁时，一次朝圣改变了他的命运，使他进入了巴克蒂的迷狂圣境。从此，他对韦陀学理、祭祀仪法、功利欲乐乃至救赎解脱统统失去了兴趣，对至尊人格神，或薄伽梵（Bhagavan）、克利须那的爱（prema）成了他生命的中心。他心头所念、口中所说、手足所措，无不是克利须那以及对克利须那的奉献服务。在爱之狂喜中，他浑然忘记了自我，不觉泪如雨下、四肢颤抖、毛发直竖。他有时放声高歌，有时翩翩起舞，有时喃喃诉说，有时垂泪无语，忏悔、渴望、思念、怨慕……种种人神相爱的征兆表露无遗。不久，他就离家出走，弃世为僧，成了Gaudiya巴克蒂传系的开创者。据后来巴克蒂诗圣们所写的传记上说，他就是克利须那的化身，为了品尝对自身的爱和传扬巴克蒂之道而下凡降世。契檀尼耶一生不立文字，只留下八段偈颂，名为*Siksastaka*，即“八训规”，被视为对巴克蒂的最高觉解和最完美的表达。全文如下：

1.荣耀归于齐颂圣主克利须那之名。为我们的心拭净经年的积尘，熄灭轮回生死的火焰。这运动传播月亮恩泽的光芒，是全人类最大的福祉。这是一切超然知识的生命，充盈超然喜乐的海洋，而且让我们充分尝到恒常渴望的甘露。

2.主啊！只是你的圣名便能沐生物以福祉，因此，你有千万如克利须那或哥宾陀那样的名字。你将一切超然的能量，赋予这些超然的名字。唱颂这些名字并无硬性规则。主啊！由于仁慈，你让我们唱颂你的圣名，轻易接近你。可是，我太不幸，没有被这些圣名所吸引。

3.一个人该以谦卑的心态唱颂主的圣名，视自己低于路边的一棵茅草。一个人该比一棵树还要宽容，摒弃一切虚荣感，随时向别人致敬。这样，才可不断唱颂主的圣名。

4.全能的主啊！我无意累积财富，也不想追求美女，更不稀罕任何追随者。我只希望一世复一世，为你做无缘的奉献服务。

5.难陀大王之子（克利须那）啊！我是你的永恒仆人，但不知怎的，我跌落了生死苦海。请从生死苦海中提起我，并且将我如一颗原子放在你的莲花足下。

6.主啊！何时我才会一面唱颂你的圣名，一面为爱你而挂着不停涌流的泪水？何时才会诵不成声？何时才为颂你的圣名，毛发直竖？

7.哥宾陀啊！与你分离，一刻更甚一纪。我泪如雨泻，你不在，整个世界顿觉空虚。

8.除了克利须那，谁也不是我的主，即使他拥抱我时，对我粗暴，离开我时，叫我心碎，他仍是我的主。他喜欢怎样，便是怎样，因为他永远是我无条件崇拜的主。

这八段偈颂涵盖了巴克蒂修持（Bhakti Sadhana）的几个阶段：培养信心、亲近圣者、清除恶习、坚稳、依恋、喜乐、纯爱。从八训规可以看出，巴克蒂的最高境界是saranagati或atma-samarpana，即毫无保留地彻底委身皈命。据契檀尼耶的亲传弟子鲁巴（Rupa）所著的《巴克蒂情味甘露海》（*Bhakti Rasamrta sindhu*），皈命包含六个方面：接受有益于奉献服务的事物；拒绝有害于奉献服务的事物；深信克利须那将赐予保护；接受他为自己的保护者或主人；自我臣服和谦卑；一个全然皈命的人，会托庇于克利须那度过逍遥时光的圣地，他向主祈祷："我的主，我属于你。"由于内心明白这点，他在奉献服务中享受到了灵性的极乐。

2

巴克蒂精神的奉献服务，其形式有九种：聆听、念颂、忆念、崇拜、祈祷、服务、接受仆人的身份、成为朋友、奉献一切。当一位奉献者如此全然皈命、服务奉献于克利须那的莲花足时，克利须那亦接受他为秘密的同伴。而这一切，我们从《献歌》里面，可以逐一辨认。当然，巴克蒂的各个阶段、各种形式，以及相应的各种情味和境界等，是以诗性的语言、诗性的叙述来呈现的。比如第4号献歌：

我生命的生命，我要永远保持这躯体的纯洁，因为我知道，你鲜活的抚摸，已经留存在了我的身上。

我要驱除我思想中的一切伪饰，因为我知道，你就是真理。是你的真实存在，于我的心中燃起了那智性之火。

我要清洁我的心，摒弃所有的邪恶，让奉爱的花朵在里面盛开不败。因为我知道，我内心的圣殿，已经安放了你的席位。

我要努力在自己的行动上体现你，因为是你的权威，给了我行动的勇力。

驱除身心各方面的邪恶虚伪，以保持洁净纯粹，明显属于巴克蒂的“清除”阶段。全诗最后一首献歌则表达了对全然皈命和回归灵魂故园的渴望：

呵，我的主人，在我向你敬拜之时，请让我全部的感觉，都能够舒展开来，去触摸你脚下的这个世界。

如同七月潮湿的雨云，带着那未坠的雨点，低低垂下；

在我向你敬拜之时，让我全部的心意，也能够垂首拜倒在你的门前。

让我所有的诗歌，汇聚成一股曲调不一的洪流，在我向你敬拜之际，让它能够注入那一片寂静的目的之海。

如同一群思乡的天鹤，在日夜兼程地飞回它们的巢穴；在我向你敬拜之时，也让我全部的生命，能够得以启程，返回到它那永恒的家园。

最意味深长的是，契檀尼耶在八训规中，揭示了个体存在的本来面目或灵魂的灵性真身。并且，灵魂总是在一种别离（vipralambha）之情中，呼唤、体验、抒发其神圣的爱恋。这种爱完全是无私的，毫无动机，也不会因为外在的境遇，甚至所爱者的临在与否而中断变质，跟基于肉体的爱欲截然不同，因此，它是绝对的，源自真我、灵魂的本性，乃是真我的自性表达和自我圆成。《薄伽梵往世书》将这种爱视为人类至高无上的法（Dharma），其第一卷颂曰：

一切众生之至高大法，就是以超越之爱事奉至尊者。这样的超越之爱必须是毫无动机、永不中断的，如此自我才能得到彻底的满足。巴克蒂瑜伽是最圆满、最殊胜的灵性法门，对献身此道者，觉悟和超脱将不期而至。（2.6，2.7）

《吉檀迦利》竭尽全副心力所表现的，也正是这种发自灵魂的超越之爱。在无限富有、无限慈悲、至高无上的神明面前，灵魂化现其本来面目——不断求取神爱的女乞丐。比如第34号献歌：

只要我一息尚存，我就以你为我存在的全部。

只要我矢志不移，我就能感觉你一直存在于我的周围，我会向你请教诸般的事由；无论何时何地，我都愿意把自己的爱给你献上。

只要我一息尚存，我就永远不愿把你隐藏。

只要我的生命与你的意志相和相应，我们之间尚有一锁相系，我就要以我的全部存在来执行你的旨意——这相系的锁，就是你的爱情。

比如第41号献歌：

哦，真的，我怎能告诉他们说，我是在守候着你，而且还告诉他们，你也承诺说自己一定会来。我又怎能含着羞色说，这种贫穷就是我的嫁妆。呵，我在自心的深处，犹且抱着一份隐秘的骄傲呢！

我坐在野地上，凝望高空，梦想你突然来临时那最浩大的辉煌——万光交辉，车辇上有那黄金色的彩旗在飞扬。人们立在道旁，目瞪口呆。众目睽睽之下，你从你的王座上下来，把我自尘土中扶起，安置在你的身边。我这衣衫褴褛的女乞丐，含着娇羞与喜悦，像夏日暖风中的蔓藤，因喜悦激动而浑身颤抖。

比如第47号献歌：

让他作为最初的光明和最初的形象，呈现在我的眼前。让他的目光成为我觉醒的灵魂中最原初的欢悦。让我自我的回归成为对他即刻的皈依、直接的臣服。

第84号献歌则刻画了分离，并表达为一种宇宙的悲情：

分离的隐痛遍满整个宇宙，它为无际的苍穹造就了无穷的情境。

正是这份分离的隐痛，于每个不同的夜晚，悄然凝视高天的星辰；并在七月的雨夜，于树叶蓁蓁的奏吟之间，书写了抒情的诗篇。

正是这份遍地弥漫、时时高涨的隐痛，它深深化入了人间的情爱和欲望，形成悲喜苦乐的人世无常。

也正是这份分离的隐痛，它借由我诗人的心，融化成歌，喷薄而出。

3

巴克蒂乃是一种最高境界的瑜伽，它需要持续不断地修炼、体证和对“宇宙—神—人”及其关系的深入而系统的觉解。换言之，在巴克蒂的底层，隐伏了一套“尊德性而道问学、极高明而道中庸、致广大而尽精微”的既超越又内在的古老哲学体系——韦檀多的大梵“即一即异论”（bhedabhead-tattva）。在《吉檀迦利》里面，这套智慧被比喻为神明留在人间的重剑，以斩断俗世的羁绊。第52号献歌吟道：

呵，那个可怜的我啊，我究竟找到了什么呢？你留下了什么样的爱的标记呢？那不是花，不是香料，也不是一大瓶的香水，而是你的一柄庄严的宝剑，如火焰一样放光，像雷霆一般沉重。

清晨的微光透过了你的窗户，洒在了你的床上。晨鸟们在叽叽喳喳地发问：“女人，你得到了什么呢？”哦，不，它不是花，不是香料，也不是一大瓶的香水，而是你的一把可畏惧的宝剑。

我不禁坐了下来，细细地思量，这是你的一份什么样的礼物呢？我既没有地方藏放，也不好意思佩带。我是这样柔弱，当我抱它在怀时，它就把我压得疼痛。但是，我仍要把这份恩宠铭记在心，你的礼物，这份沉痛的荣耀。

从那一天起，我没有了畏惧，在我的一切人生战斗当中，得胜的都是你。你让死亡与我做伴，我将以我的生命来给它加冕，你的宝剑助我劈开我的羁绊。是的，在这个世界上，我从此没有了畏惧。

这套智慧被阐发于韦檀多哲学的三大根本经典：《奥义书》《梵经》《薄伽梵歌》。但智慧(jnana)本身以及随之而来的舍离（tyaga）、解脱（mukti）并不是终极，神爱和从神爱而生发的情味（rasa）才是究竟归趣。这一方面的论述和表达，出现在巴克蒂的根本经典——《薄伽梵往世书》里面。由此形成巴克蒂传统中爱与智慧的二重奏。智慧引导人一直升入对非人格性梵的觉悟，并且，非人格性梵是最高的哲学成就，以及智识或理性化思辨过程所能照察的终极抽象。然而，若从美学角度来看，同样的非人格性梵觉即“梵我一如”具有了一种唤起“平静味”（santa rasa）之境的神性。从这一点出发，《薄伽梵往世书》发展出不断深入的美学主题以及种种神性论，从那些唤起平静味的神性论到那些唤起艳情味的（srngara rasa）、侍奉味的、友情味的、慈爱味等的神性论。

如是，《薄伽梵往世书》依赖义理显示梵觉的伟大性，又依赖美学引领人深入神圣的人格性领域。因此，绝对的两个概念：人格性和非人格性，和谐并立于《薄伽梵往世书》中，各有其所扮演的角色，皆为《薄伽梵往世书》主题之结转所必不可少。两者各以其自有的方式呈现出绝对的伟大；从哲学上来看，非人格性梵觉是最高的觉位，而从美学上来看，对神圣之人格性的强烈而浪漫的体验乃是最高的情感状态，是人神之间游戏（lila）的根本动力。如是，非人格性梵觉或解脱，乃成为进入人神游戏的前行和准备。在《献歌》第100号和101号里，在玄默和诗歌之间，我们看到了无形无相之梵与神的王国交替闪现，呈现出了神性的无比丰富和深奥：

我潜入了那形象丰富的深海，希望得到那无形无相的完美珠宝。

我不再以我那久历风雨的旧船行遍天涯，我搏击风浪的岁月已经远去，现在，我希望死于不死当中。

我要拿着我生命的竖琴，走进那广漠的音乐大厅，那里回荡着沉默的音乐，那里有着无可测度的深渊。

我要给我的琴弦调出音调来，好与那永恒的音乐彼此合拍。当它发出了那最后的幽幽余音，就把我这缄默的竖琴，

一并放在了你的脚边，归于沉寂。（第100号献歌）

我这一生，永远是用诗歌来寻找你。也是因为对你的这种寻找，使得我从一地到另一地，从一扇门到另一扇门，借由它们的吟唱，我感受着自己，并探索、触摸着自我的世界。

我所学得的功课，都是诗歌教给我的；它们把生死的秘径指示给我，并把我心灵地平线上高悬的繁星，呈现在我的眼前。

它们用整个白天来带领我，带我走进那悲欣交集的神秘国度。最后，在我旅程的终了，那黄昏时分，它们会把我带入哪一座宫殿的大门呢？（第101号献歌）

音乐，是表达心灵律动的通道，一旦自我“死于不死”，融入无形无相的“无可穷尽的深渊”，便只好“把我这缄默的竖琴，一并放在了无声的脚边”。但此时诗歌又苏醒了，开始寻找神明，更深地潜入自我的世界。如果说无形无相的梵觉是大海，那么神明和灵魂之间的游戏，以及由此生起的超然情味就是奇异斑斓的海底世界。

4

在华夏文化的最深处，也曾出现了表达“人神之恋”的圣歌，那就是《楚辞》的传统。《楚辞》中所反映出来的神灵崇拜，有非常浓厚的神爱色彩。这种神爱，既表现在神与神之间，也表现在神与人（崇拜者）之间。并且这种爱，与希腊神话里宙斯式的情欲全然不同，有一种空灵圣洁的气氛。尤其值得注意的是人神之间的爱，似乎超越了敬畏，进入一种缠绵得犹如恋人的关系，因而获得了具有超越性的审美意味。例如《东皇太一》：

> 扬枹兮拊鼓，疏缓节兮安歌，陈竽瑟兮浩倡。
> 灵偃蹇兮姣服，芳菲菲兮满堂。

又如《东君》：

> 緪瑟兮交鼓，箫钟兮瑶簴。
> 鸣篪兮吹竽，思灵保兮贤姱。
> 翾飞兮翠曾，展诗兮会舞。
> 应律兮合节，灵之来兮蔽日。

再如《礼魂》：

> 成礼兮会鼓，传芭兮代舞。
>
> 姱女倡兮容与。
>
> 春兰兮秋菊，长无绝兮终古。

过去学者多以为人神爱恋，事涉猥亵。但我们从《楚辞》本身来吟味，在雍容娴雅的乐舞和缠绵悱恻的情思中，感觉到的却是一种圣洁芳菲而又喜乐甜美的气氛。贞守自持，达到圣智境界的巫，不可能用俗世猥亵的方式来爱神。他们内心弥漫的是高洁脱俗的情怀和神爱的芬芳，这样的精神境界在《离骚》中发挥得极其酣畅：

> 朝饮木兰之坠露兮，夕餐秋菊之落英。
>
> 苟余情其信姱以练要兮，长颇颔亦何伤。
>
> 掔木根以结茝兮，贯薜荔之落蕊。
>
> 矫菌桂以纫蕙兮，索胡绳之纚纚。
>
> 謇吾法夫前修兮，非世俗之所服。
>
> 虽不周于今之人兮，愿依彭咸之遗则。

屈原明说自己是“依彭咸之遗则”，愿意追随先辈大巫的精神足迹。因之屈原在《离骚》中所描述的自我形象就是巫的形象，其自我情怀也就是理想中圣巫的情怀。无法想象，“饮露餐菊”的灵均会以世俗的情欲心态看待与神明的关系，并有兴趣对猥亵之事如此大肆渲染。更加合理的解释是，《楚辞》中的“人神相恋”是一种极高超的精神迷恋，类似古希腊的“爱之迷狂”、古代波斯的苏非派神秘主义，或印度奉爱瑜伽中的巴克蒂。伴随这种神爱的，乃是精神的迷狂或极乐状态，通常以乐舞的形式表达出来。

在奉爱瑜伽中，人与至尊人格主神之间的情感呈现为Rasa（情味），一共有五种Rasa，最高超的Rasa就是爱侣之情或艳情味，其感情表达方式包含两种：相聚和别离。女神或沙克蒂（Shakti）则是这些超然而又变化多端的情感的载体。实际上，在瑜伽体系里，人神相恋并不发生在躯体的层面，而是灵魂的层面。灵魂永远是阴性的（prakrti），至上灵魂或灵魂之主——至尊人格主神则永远是阳性的（purusa）。躯体是男是女并不影响对神的爱恋，灵魂纯净与否才是人神相恋产生的首要条件。将人神相恋理解为世俗污秽之事，或以劝诫之笔叙述神人之爱（例如宋玉的《高唐赋》），应该是灵知文化堕落以后发生的事情。日本著名的楚辞学家藤野岩友在《巫系文学史》中已经注意到这种精神前提：

> 作为神婚的前提，要求心身清净洁白。在《离骚》中，

屈原在漫游天宇寻求神女之前，首先作了严格的反省并在神前献了誓词的："跪敷衽以陈辞兮，耿吾既得此中正。"王注："乃长跪布衽，俛首自念，仰诉于天，则中心晓明，得此中正之道，精合真人（神女），神与化游。故设乘云架龙，周历天下，以慰己情，缓幽思也。（[日]藤野岩友：《巫系文学史》，韩基国译，重庆出版社2005年版，第244页）

在屈原的作品里，神女固然是用作譬喻和寓意的，但可以看出其中所表现出来的神人爱恋的本来性格。王注所谓的"精合真人"，即精神的沟通激励，才是神人爱恋的实质。这种爱恋并没有肉欲的成分，其产生的前提和指向是"中正之道"——宇宙真理本身，因此纯粹是精神性的。女神的作用，则颇类似《神曲》里引导但丁从地狱升入天堂的贝特丽丝。

《楚辞》中的神爱世界纯粹空灵，没有普通宗教里经常表现的祈福主题，似乎神爱本身就是祭祷的目的，"春兰兮秋菊，长无绝兮终古"。同时这种爱也是炽烈而富有个性的，甚至带有"迷狂"的色彩。

《湘君》《湘夫人》《山鬼》里面缠绵痴绝的意绪，似乎表现了神爱中别离之情味。而《东皇太一》《礼魂》的热烈喜乐，自然是相聚之情味的体现。与此相对应，神爱所指的对象——神灵，也具有丰满诚挚的神性，例如东皇太一的肃穆博大、云中君的高贵超迈，都是后世的作品中所不曾见的。据过常宝先生研究（过常宝：《楚辞与原始宗教》，人民出版社2014年版，第90页），《离骚》为屈原的祭歌或对祭歌的模拟，而献祭的目的是向神灵陈辞求正。屈原一面上天下地追求神明，唱着祭神的恋歌；一面向神痛陈自己在尘世的遭遇，呼吁神灵的裁正。与《九歌》一样，《离骚》中所表现的人神关系，也是一种“人神恋爱”的关系，并且具有同样的“人神恋爱”的表达模式：自炫装扮、表达怨慕、爱情的表白、神的叙述、神的降临、互赠信物。从这几个方面来看，《离骚》与泰戈尔的《献歌》简直如出一辙、异代同风。不过，《离骚》的自炫，在《献歌》里却表现为自我拷问，而面向现世的抒发愤懑也内转为灵魂的自我忏悔与救赎：一者高华外露，一者谦卑自牧；一者金刚怒目，一者菩萨低眉，其相虽异，而皈命神明之精神实同。

屈赋中的神爱文学，可以说是中国文学的瑰宝。其中所体现的个体灵魂强烈的精神诉求、对超越性的爱的渴望和张扬，为中国文学树立了人性与神性的最高峰。可惜，屈原之后，再也没有同样精神高度的作品出现，《楚辞》所表现的神人恋爱，成了中国文学史乃至中国宗教史、思想史的绝响。继屈原之后的“神女叙事”，从《高唐赋》《洛神赋》到《会真记》《游仙窟》之类的作品，都失去了精神的高度，越来越沉溺于肉欲以及随之而来的道德劝诫，“神女”甚至成了“妓女”的代名词，“神女叙事”也逐渐堕落成了“妓女叙事”。人性的萎靡、神性的失落，由此可见一斑。

同样传承于楚地的巫文化，同样追求精神的超越，庄老道家却更多体现出对绝对之无形无相一面的体悟。道家的解脱之道是以泯灭主体性为前提的，它要求人们完全摆脱社会，回归到以虚无为归趣的自然状态，它是以牺牲责任感和价值观，以及对儒家文化的彻底颠覆为代价的。因此，道家所谓的“解脱”常常仅是一种回避、否认，它既没有一个终极的彼岸世界作为替代，也没有为个人的拯救提供人格的保障。与此相反，楚辞文化的超越是以神明为归依，是一种批判的、面向现实的超越，其气魄担当更为广大雄健，这一点倒与儒家的入世情怀颇相投合。

儒家也根源于上古巫教，但儒家经过“祛魅”，消除了其中原始的宗教性。古老的宗教传统，在形式上似乎仍然被儒家所保留，但受到了根本的改造：从一种终极的归宿、关怀，变成一种维护既定社会秩序的手段和工具。诚如德国人马克斯·韦伯所说的：

中国的宗教，不管它是巫术性或祭典性的，就其意义而言是面向今世的。中国宗教的这一特点较诸其他宗教都要更为强烈和更具原则性。除了本来的崇拜伟神巨灵的国家祭典之外，各种的祭礼尤其受到推崇。……由于缺乏任何对超验的价值与命运的思索，国家的宗教政策依然保持着简单的形式。……在官方的祭典里，几乎所有的迷狂、禁欲与冥思，都不存在，这些都被认为是无秩序与非理性的兴奋的成分，这是官吏们的理性主义所无法容忍的，就像罗马官僚贵族眼里的酒神祭祀那样地具有危险性。当然，官方的儒教并没有西方意义的那种个人的祈祷，而只有礼仪规范。（[德]马克斯·韦伯：《儒教与道德》，江苏人民出版社1995年版，第169页）

也就是说，经过理性化“祛魅”的儒家，虽然有效地推动了文化的变革，却不得不为此付出沉重的代价，那就是剥夺了人类应有的获得个体精神超越和终极关怀的权利，同时，失去终极依据和裁判的儒家，也失去了对现实世界进行彻底而有力的批判的超越性力量，沦为王权的附庸。而《离骚》却凭借先帝和天神的威灵，自信而充分地施展批判的权能，并把对世俗的批判变为一场神圣的审判。

过先生据此认为：“只有儒家文化、道家文化和楚辞文化三者结合起来，才是完整的中国文化。”然而，可悲的是，楚辞文化在华夏精神中缺席太久了，我们已经离“配神明、醇天地”的境界太遥远了。也许，透过喜马拉雅彼端的神秘《献歌》，我们将听到两千年前楚辞里“人神恋歌”的阵阵回响，让我们重新悟入“天地之纯与古人之大体”。

徐达斯　天津大学毕业，后求学于剑桥大学比较宗教学系汤姆斯博士，现为北京三智东方文化研究院副院长。在东方学、考古学、神话学及中国文化史领域孜孜不倦研究十余年，专攻史前文明，对古印度文化和瑜伽哲学皆有独到而深入的理解，曾在印度瑜伽圣地温达文修学瑜伽多年。已出版《处处是禅机》《上帝的基因》《道，从这里讲起》《〈博伽梵歌〉通解》等专著。

吉檀迦利

Gitanjali

1

你已使我的生命无有穷尽，这样做是你的欢乐，我的主人。

这脆薄的杯盏，你一次次地清空，又一次次地斟以新鲜的生命。

这小小的芦笛，你带着它翻过高山，穿过河谷，让它奏出永新的旋律。我那渺小的心，在你不朽的轻抚之下，消解于无量的欢乐之中，产生不可言喻的词句。

你无穷的礼物，只注入我这卑微的手掌；多少时代过去了，我还在接受你慷慨的馈赠，无有止境。

2

当你命令我歌唱的时候，我的心骄傲得近乎破碎，凝望着你的脸，泪水充盈了我的双眼。

我生命中所有的粗糙与不谐，全都融入了这熙熙太和的生命乐章。我对你的崇拜，就像一只欢快的鸟儿，振翅飞过大海。

我知道你喜欢我的歌唱；我知道，我也只有作为生命的歌者，才能靠近你。

我伸展我诗歌的翅尖，轻轻触及你的莲花双足，这原是我从不敢奢望之事。

我陶醉于这歌唱的喜悦，忘了自己。你是我的主人，我却称你为我的朋友。

3

我的主人，我虽然不知道你是怎样开口歌唱的，我却总是于沉静的惊奇中聆听。

你那音乐的光辉照亮了整个世界，你那音乐的气息贯彻诸天。你那音乐的圣流，摧毁了一切阻挡的岩石，一直奔涌向前。

我的心曾渴望与你一起合唱，心力费尽，却终究徒劳，我发不出一丁点儿的音响。我想说话，可言语又无法形成歌曲，我哑口无声。呵，我的心呐，它已被你无穷无尽的音乐之网彻底俘虏了，我的主人。

4

我生命的生命，我要永远保持这躯体的纯洁，因为我知道，你鲜活的抚摸，已经留存在了我的身上。

我要驱除我思想中的一切伪饰，因为我知道，你就是真理。是你的真实存在，于我的心中燃起了那智性之火。

我要清洁我的心，摒弃所有的邪恶，让奉爱的花朵在里面盛开不败。因为我知道，我内心的圣殿，已经安放了你的席位。

我要努力在自己的行动上体现你，因为是你的权威，给了我行动的勇力。

5

请允许我坐在你的身旁，放纵片刻。手上的工作，我过一会儿再去完成。

你不在我的眼前，我的心就无从自在，工作也就成了无边生死海中永无止境的苦役。

今天，夏天来到了我的窗前，它轻嘘微叹，在花的丛林当中，有一座一座的宫殿，蜂群们正在尽情欢唱。

是该安安静静坐下来的时候了，让我与你单独面对，在这无边静寂的闲暇里，我要唱出这生命的献歌。

6

请摘下这朵小小的花，然后把它带走，不要迟疑！我担心它会凋谢，最终落入了尘土。

也许，在你的花环上面，没有它的席位；但也请采摘它，以你双手的采摘，以你的触碰所给出的痛楚，给它带来荣耀。我担心在我醒来之前，时光已逝，错过了供奉的时辰。

尽管它颜色不深，香气很淡，但请在时间还来得及的时候，采摘它吧，用它来完成对你的一次诚心的礼拜。

7

我的歌曲卸掉了她的妆饰，她不再有因衣饰而来的骄慢。这种妆饰曾阻碍了你我的结合，它们横亘于你我之间，它们叮当作响，淹没了你秘密的细语。

在你的光辉之下，我诗人的虚荣亦于羞愧中消亡。呵，诗歌之主，我已拜倒在你的脚下。请让我的生命简朴、正直，如同一支小小的芦笛，却充满了你的音乐。

8

那个身穿王子衣袍，颈戴钻石项链的小孩，他失去了游戏的一切快乐，他的衣饰牵绊了他的每一个脚步。

生怕弄破或污损了他的衣服，最后他远离了世界，不敢挪动半步。

哦，母亲，这确实毫无益处，如果这精美的装束，它只是将人与健康的土壤隔开，只是把人们进入日常生活盛大集会的权利也一并剥夺，那穿之何用！

9

哦，愚者，你竟然试图把自己扛在肩上吗；哦，行乞的人，你竟然来到了你自家的门口行乞！

把你手中的重担，交给那位能承担这一切的主，永远不需后悔，也无须时时回首。

你欲望的气息，会把它接触到的灯火吹灭。因它是不洁净的——请不要从不洁的手中收取礼物，只接受因神圣的爱而来的那份赠品吧。

10

这是你的脚凳，你在最贫穷最低贱最无家可归的人群中歇足。

当我向你鞠躬时，我的礼敬抵达不了你歇足的深处，那最贫穷最低贱最无家可归的人群中。

骄傲永远无法靠近那个地方，你穿着卑陋的衣服，你在最贫穷最低贱最无家可归的人群中行走。

我的心找不到通往那个地方的道路，在最贫穷最低贱最无家可归的人群中，你与那些无伴者们一路结伴、与无助者们一起携手。

11

扔掉这些唱诵、礼赞与念珠吧！在门窗紧闭、昏暗荒僻的殿堂一隅，你究竟在向谁礼拜？睁眼看吧，上帝并不在你的面前！

他在锄地耘草的农夫那里，在碎石筑路的工人那里。他和他们同在太阳下、阴雨里，他的衣裳上落满了尘土。脱下你那神圣的袍子吧，甚至也像他那样，一起下到泥地里去！

解脱吗？从哪里找到解脱呢？我们的主人，他躬亲示范，怡然自得，用创造的纽带把一切统合了起来。他与我们永是同在。

从冥想当中走出来，请抛开供奉的鲜花与圣火！衣服破损了又有何妨？去与他相会，和他并肩劳作，一同流汗。

12

我旅行的时间很长，旅行的道路也十分遥远。

天刚破晓，我便驱车前行，穿过广漠无垠的世界，在无数个星球，留下了我的辙迹。

离你最近的地方，路途最远；最简单的曲调，需要最复杂的练习。

世界的旅者，唯有叩遍每一个陌生人的门，才会找到他自己的家；人也只有在外面四处漂泊，天涯踏遍，最后，才能抵达内心最深处的殿堂。

我的眼睛向无穷的开阔处张望，最后闭上了双眼，说：“哦，原来你在这里！”

“呵，你在哪儿呢？”这句问话和呼唤，融入了万千的泪流，与你确定的回答，“我在这里！——”这种彼此应答的宇宙洪流，无边无际地漫延开来。

13

我要唱的歌，直到今天还没有唱出来。

我每天都在我的乐器上调理着琴弦。

时间尚未到来，歌词也不曾填妥；只有希冀的痛楚隐忍在我心头。

花儿还未全然绽放，只有风，从身边叹息而过。

我未曾见过他的脸，也不熟悉他的声音；我只是谛听他轻悄的脚步声，曾经从我房前的小路上走过。

我用了悠长悠长的一天，专门为他铺设地板上的座位；但是灯火未曾点亮，我还不能请他进来。

我生活在与他相会的希冀当中，但是，这相会的日子还未到来。

14

我的欲望颇多，我的哭声凄惨，但你总是用严词来拒绝拯救我，这刚强的慈悲，已彻底融入了我的生命。

日复一日，你使我更加配得上你主动赐予的朴素而伟大的赠礼——这天空、这光明、这躯体、这生命与心灵——借此种种，你把我从众多危险的欲望当中拯救出来。

有时，我懒散而懈怠，有时我又因觉醒而匆匆探寻道路的方向。可是，你却忍心地躲藏起来。

日复一日，你通过不断地拒绝，使我有朝一日配得上被你全然地接受，就这样，日复一日，你把我从变幻莫定的欲望当中，慢慢拯救出来。

15

让我来为你歌唱吧。在你的大厅，我坐在了屋子的一角。

你浩大的世界里，没有必须的事情有待我来完成，我无用的生命只能漫无目的地歌唱。

当午夜默祷的钟声敲响，在你幽暗的庙宇里面，我的主啊，请命令我，让我站到你的面前歌唱吧。

清晨，当黄金所制的竖琴已经调好，请赐给我荣耀，命令我来到你的面前吧。

16

我接到了这盛世庆典的请柬，我的生命因此受到了祝福。我的眼睛看见了，我的耳朵也听见了。

在这场宴会里面，我的任务是奏乐，我已竭尽全力。

现在，我只想知道，那最后的时刻终于到来了吗？让我近前以瞻仰你的容颜，并献上我默默的礼拜；这最后的时刻终于到来了吗？

17

我在等待，等待着爱，最终好把自己交到他的手里。这便是我姗姗来迟的原因，也是我负疚的缘由。

人们带来了种种清规戒律，想要把我紧紧捆绑。但我总是避开他们，因为我在等待，等待着爱，最终好把自己交到他的手里。

人们指责我，说我不理会他们，当然，他们的指责不无道理。集市已散，繁忙的工作也已经结束，叫我不应的人都悻悻地离去了。我在等待，等待着爱，最终，好把自己交到他的手里。

18

云霾堆积，夜色深沉。哦，我的爱，你为什么忍心让我独自一人守候在屋外？

正午工作繁忙的时候，我和世界的人群在一起；但在这孤寂幽暗的时刻，我却只是盼望着你。

若是你不容与我见面，若是你完全把我抛开，我真不知将如何度过这漫长的雨夜。

我不断地遥望天边无际的阴霾，我的心在彷徨，与这动摇不安的风，一同叹息、一同哭泣。

19

若是你不说话，我就隐忍着，以你的沉默来填满我的心胸。我会静静站立，悄然等待，如同群星守护着黑夜，默然无语，低首忍耐。

黎明必将到来，黑夜终将逝去，你的声音也一定会划破夜空，如金色溪流，倾泻而下。

那时候，你的话语，将从我的每个鸟巢中舞翼高歌；你的旋律，也将在我的丛林中盛开，繁花中绽放。

20

莲花开放的那一天，唉，我的心思迷乱，却不知其中的缘由。于是，我空着花篮，冷落了花儿。

幽伤不时地袭来，我从自己的睡梦中惊醒，察觉到了南风中有一股甜美而奇异的芳香。

那淡淡的甜润，令我盼望得心痛。对我而言，这仿佛是夏天饥渴的呼吸，正在寻求着它最后的圆满。

那时，我还不知道它离我竟是如此之近，原本就归属于我。如今这圆满的甜润，已经于我心灵的深处，全然地盛放了。

21

我必须驶出我的舟船了。我在岸边消磨了太多的时光。唉，何等不堪的我呀！

繁花过后，春天就要辞别，如今，只剩下它遍地萎谢的花瓣，我却在岸边踯躅不前。

潮声已喧，岸边的林荫道上有黄叶飘起，复又落下。

你在注视着怎样的虚空呀！莫非你没有发觉空气中有一种微微的颤动，它正应和着对岸飘来的遥远歌声，一同起伏、一同摇荡吗？

22

在七月雨季的阴郁里，你迈着秘密的步伐，沉默如同深黑的夜，躲过了一切的守望者。

黎明早已闭上了它的双眼，毫不理会东风的不懈呼唤，终于，一张厚幕遮住了那永远清醒的碧空。

林野里，歌声渐渐趋于沉寂，家家户户都闭上了大门。你是这凄清大街上孤单的旅人。呵，我唯一的朋友，我的至爱，我的家门一直向你敞开着——请不要像梦幻一般地从我的门前走过。

23

在这暴风雨的夜晚，你还在外面进行着爱的孤旅吗，我的朋友？整个夜空，就像绝望者在簌簌哀号。

我的朋友，这个夜晚我已无法成眠，我一次又一次地起来，又一次又一次地开门，我向着夜空中张望！

我看不清眼前的一切，我也不知道你行走的究竟是一条怎样的路径！

你是从墨黑的河岸那边上来的吗？你是从远处阴郁的树林边缘，再穿过幽暗迂曲的小道，磕磕绊绊地来到我的身边的吗，我的朋友？

24

假如白昼已尽，鸟儿不再歌唱，风儿也吹倦了，那么，请用黑暗的厚幕把我一同盖上，如同夜色昏沉当中，你用睡眠的衾被，裹住了大地，又温柔地合上了莲花的花瓣。

路途未完，储粮已空，旅者的衣裳亦已破损，他的全身积满了累累风尘，人也精疲力竭。而你，我的主人，是你驱散了他满身的羞愧与困窘，在你仁慈的夜幕之下，远行者又将如鲜花一般，重新焕发了新的生命。

25

在这困倦的夜里，让我毫无抗拒地屈服于睡眠吧，把信赖交托给你。

我不愿强迫自己，以萎靡的精神，来准备一个对你缺乏诚意的礼拜。

是你拉上了夜幕，合上了白日的倦眼，使这眼眸于苏醒后的清新与喜悦当中，焕然一新，神采奕奕。

26

他走了过来，坐在了我的身旁。而我却还在酣睡。多么可诅咒的睡眠！哦，悲惨的我啊！

他在静夜中到来，手中拿着竖琴。而我，却只是以我的梦魂与他的音乐相应相和，共奏旋律。

唉，为什么每一个夜晚都是这样消逝的呢？他的气息都已经触及了我的睡眠，而我却总是见不着他的面容！

27

光明，那光明在哪里呢？用燃烧的渴望之火把它点燃吧！

这儿有灯，但没有一丝光明——这就是我的命运吗？呵，我的心呐，你还不如死了的好！

悲哀在敲打着你的门，她带来的口信，说你的主人一直醒着呢！他召唤你穿过茫茫黑夜，去奔赴一场情爱的约会。

乌云漫天，雨脚不断，我不知道心里面究竟是什么事物在动摇不安——我不懂得它的真实意味！

在一道耀眼而短暂的电光中，我的眼前呈现出黑暗的深渊。我的心摸索着前行，寻找那夜的音乐召唤我去的地方。

光明，那闪亮的光明在哪里呢？用燃烧的渴望之火把它点燃吧！雷声在响，狂暴的大风在虚空中呼啸。夜，像黑沉沉的岩石一般凝重。不要让时光在黑暗的夜色中徒然流逝，用你的生命，把爱的光明点亮起来吧。

28

这罗网是坚韧的，但若是真的撕裂了它，我又会一阵一阵地心痛。

我一心想要的正是自由，却又为这种渴望而深感害羞。

我确信那无价的珍宝在你的手中，你又是我最好的朋友，而我却无心清除我满屋的华丽俗物。

我披着尘土和死亡的旧衣，我厌恶它，一边却又用爱情来把它紧紧拥抱。

我的债台高筑，我的失败巨大，我的耻辱秘密而又深重。但是，当我向你祈求之时，我又惶恐不安，生怕我的祈请，轻易就得到了你的允诺。

29

那个用我的名字囚禁起来的人，他正在深深的地牢中啜泣。我每日都在忙着四方筑墙。当这高高的墙垣一天天地耸入云霄，在它巨大的黑影里，我那真实的生命也随之消失不见了。

我为这道高墙自豪，我用沙子与尘土把它涂抹得严严实实，唯恐在这名字上面，还留有一丝的缝隙，我真的是煞费苦心，可是——可是最后我却丢失了我的真实，把自己囚入其中。

30

我要独自去奔赴这场幽会。沉寂的暗夜里，那跟着我的人是谁呢？

我走到一边，试图躲开他，结果却没有把他甩掉。

他还昂首阔步，扬起一地的尘土；我发出的每一个字句里，都掺杂着他高声的回响。

呵，他就是我的小我啊，我的主人！他恬不知耻，一路尾随，他陪我抵达了你的门口，我却深感羞愧。

31

“囚徒，请告诉我，究竟是谁，把你这样牢牢锁住？”

“是我自己，”囚徒答道，“我以为，在财富和权力方面，我可以胜过世界上的任何人，我把我国王的钱财，聚敛在了我自己的宝库当中。当睡意深袭的时候，我躺在了我主人的床上。一觉醒来，我发现自己已经成了宝库的囚徒。”

“囚徒，请告诉我，那究竟又是谁，铸造了这条坚不可摧的钢铁锁链？”

“是我自己，”囚徒答道，“这条锁链，是我自己精心打造的。我以为，我无敌的权力会征服整个世界，并赋予我无碍的自由。于是，我夜以继旦地工作着，我用燃烧的烈火与冰冷的重锤打造了它。当工作完成时，铁链牢固而完美，我却发现，自己已经被它牢牢锁住了。”

32

在这人世上，那些爱我的人，总是千方百计地想紧紧抓牢我；但是你则全然不同，你的爱比他们的伟大。因为你给出的那份爱情，让我拥有回应的自由。

他们从来不敢放开我，唯恐我会把他们忘掉；但是你则全然不同。虽然，日子一天天地依序过去，你却从来未曾露过一次面。

即使我在祈祷时没有呼唤你的名字，即使我的内心没有给你安排席位，你给出的那份情爱，却仍在耐心地等待着我爱的答复。

33

白天的时候，他们走进了我的屋子，说道："我们只是想借用这儿最小的一个空间。"

他们还说："我们会帮助你一起崇拜你的上帝，而且，我们愿意谦恭地只是领受我们所应得的那一份恩典。"随后，他们就在我的屋角，安静而温顺地坐了下来。

但是，到了夜晚，我发现他们强硬而粗暴，他们冲进了我的圣堂，贪婪放肆，拼命掠夺神坛上的祭品。

34

只要我一息尚存，我就以你为我生命的全部。

只要我矢志不移，我就能感觉你一直存在于我的周围，我会向你请教诸般的事由；无论何时何地，我都愿意把自己的爱给你献上。

只要我一息尚存，我就永远不愿把你隐藏。

只要我的生命与你的意志相应相和，只要我们之间尚有一锁相系，我就要以我的全部存在来执行你的旨意——这相系的锁，就是你的爱情。

35

在哪里，心无恐惧，头颅高昂。

在哪里，知识是自由的。

在哪里，世界还没有被狭隘的家国之墙分割得支离破碎。

在哪里，话语的基础就是真理。

在哪里，不懈的努力，正向着生命的完美伸展它自己的手臂。

在哪里，知识的清泉没有被积习的荒漠与流沙所吞没。

在哪里，心灵受着你的指引，思想与行动渐趋宽容，日臻完善——终于步入那自由的天国，我的父啊，让我的家国于睡梦中觉醒吧。

36

我的主人，这是我向你的祈请——请你根除、彻底根除我心中贫穷的根基。

请赐给我力量，让我能够轻易地承受无常尘世的种种悲喜祸福。

请赐给我力量，使我的爱情在人间的服侍中硕果累累。请赐给我力量，使我永不鄙弃穷人，也不会对权贵卑躬屈膝。

请赐给我力量，使我的心永远不因日常的琐碎羁绊而心生烦恼。

请再赐我以力量，使我能够满怀爱意，并以我所获的这种力量，全然地向你臣服。

37

我以为，在我的精力已然衰竭之际，旅程亦当告终；我以为前路已绝，行囊已空，在幽暗中隐退的日子终于来临了。

但是，我又惊奇地发现，在我身上，你的意志并没有终止。陈言旧语刚刚消失在舌尖，新的乐章立即奏响于心田。旧辙旧路尚未全然消退，新天新地又奇迹般地在我面前展开。

38

我需要你，我只是需要你——让我的心不断地重复与记念这句话语。那些日日夜夜都在诱惑着我的种种欲念，中心伪诈，无比虚空。

我需要你，我只是需要你——就像夜的朦胧，隐藏着对光明的祈求；我意识的深处，也总是回荡着这样的呼唤。

正如风暴用尽全力与和平抗衡，却寻求终止于和平；我的叛逆也似在抵抗着你的爱情，而它的真实呼声，却还是同样的一句话语——我需要你，我只是需要你。

39

当我的心变得坚硬，变得焦躁不安，我的主啊，请施我以仁慈的甘霖吧。

当我的生命失去了恩宠，请赐我以欢乐的歌唱。

当繁忙的工作四处喧响，把我与你的世界隔开，呵，我沉默的主，请你来到我的身边，带着你的和平与安宁一起过来吧。

当我乞丐似的心，畏缩于墙角，我的国王，请带着你王者的威仪破门而入，来到我生活的中心吧。

当欲念以诱惑与尘土，迷蒙了我的心眼，呵，我的主人，唯有你永是清醒的，请你带着你的雷电一同降临吧。

40

我的主，在我荒凉的内心，已经有多少时日没有经受你的雨水滋润了。天空是彻底的赤裸——它没有半片薄云，没有一丝清凉的雨意。

如果你愿意，请降下你盛怒的风暴，带着死亡的漆黑，以你的霹雳与闪电来震慑诸天吧。

但是，我的主，请你召回、召回这无边弥漫的沉沉酷暑吧，它是沉重、尖锐而又残忍的，它是在用恐怖的绝望，来焚烧人类的心。

请让仁慈的云朵自高天处低低垂下，就像在父亲的狂怒之日，母亲却目中含悲的神情。

41

哦，我的至爱，在人群的背后，你究竟把自己藏身于哪一处的阴影里面呢？在尘土飞扬的路上，他们把你推开，完全无视你的存在。而我，在最是困乏的时候，还依然摆放着礼物守候你，那些路过的人们一个个走来，又一个个地把我供奉给你的香花一朵朵拿去，我的花篮几乎空虚了。

清晨已逝，中午亦已过去。在夜的暗影里，我倦眼蒙昽。那些回家的人们望着我发笑，使我满心羞惭。我像女乞丐一般地坐着，拉起了裙子，盖住我的脸，当他们问我要什么的时候，我垂下了眼帘，闭口不语。

哦，真的，我怎能告诉他们说，我是在守候着你，而且还告诉他们，你也承诺说自己一定会来。我又怎能含着羞色说，这种贫穷就是我的嫁妆。呵，我在自心的深处，犹且抱着一份隐秘的骄傲呢！

我坐在野地上，凝望高空，梦想你突然来临时那最浩大的辉煌——万光交辉，车辇上有那黄金色的彩旗在飞扬。人们立在道旁，目瞪口呆。众目睽睽之下，你从你的王座上下来，把我自尘土中扶起，安置在你的身边。我这衣衫褴褛的女乞丐，含着娇羞与喜悦，像夏日暖风中的蔓藤，因喜悦激动而浑身颤抖。

但是，多少个岁月过去了，我还是没有听见你金辇滚动的车轮之声。又有多少的仪仗队伍于喧嚷吵闹中显赫地走来，显赫地离去。而你，只想在沉默的阴影里站立，藏身在人群的背后吗？难道我只能于哭泣中等待，并在徒劳的守候当中，终于心衰力竭吗？

42

清晨，于秘密的耳语中，我们约定了要一同去泛舟，除了你与我，在这个世界上，没有任何一个灵魂会知晓，我们这既无目的，又无泊处的朝觐之旅。

在这无边的生死海上，你常常微笑着静默聆听，而我的歌唱也抑扬成调，像波浪一般自在，摆脱了字句的束缚。

时候还没有到来吗？还有一些工作需要完成吗？看呐，暮色已经罩住了海岸，远处的苍茫当中，海鸟们亦已成群归巢。

呵，可是有谁知道，何时这锁链能开，何时这条朝觐的舟船，也将会像落日的余晖，消解在茫茫的夜色当中呢。

43

那时，我还没有为你的到来做好准备，我的国王；你就像一个平凡的生人，不请自来，主动地进到了我的心房。从此，在我生命流逝的无数时光里，盖上了你永恒的印记。

今天，我于偶然之间，又看见了这些印记，我发现，它们散落在尘埃中，混杂着被我遗忘的渺小日子里的无数悲喜记忆。

你不曾鄙夷地躲开我孩提时代于尘土中展开的各种游戏。我还发现，我在游戏当中听见的邈邈足音，与高天之上的群星回响，原来尽是一样，皆来于你。

44

在影子追逐光的地方，在初夏雨水来临的季节，站在路旁等候与观望，那便是我的快乐。

你的使者从不可知的天界带来了你的消息，向我致意后他又匆忙赶路。我满心欢愉，吹来的柔风中，呼吸到的尽是阵阵甘美的清香。

从清晨到夜晚，我一直坐在自己的门前；我知道，当我一看见你，那快乐的时光便会倾泻而至。那时，我会自歌自笑；那时，空气中也会充满着祈请与应答的芬芳。

45

你没有听见他轻柔的脚步吗？他正在走来，走来，他总是不停地走来。

每一个时间，每一个年代，每日每夜，他总是在走来，走来，不停地走来。

在我不同的心境下，我唱过了无数的歌，但在这所有的音符里，我总是在宣告：“他正在走来，走来，他总是不停地走来。”

四月芬芳的晴日里，他穿过林间小路正在走来，走来，他总是不停地走来。

七月阴暗的雨夜中，他乘着隆隆云车正在走来，走来，他总是不停地走来。

愁闷相继的无数岁月里，是他的脚步踏在了我的心上，是他双足黄金般的接触，使我的快乐熠熠生辉。

46

我不知道那是多么久远的事了，你总是这样子走来，来与我会面。你的太阳和星辰无法将你隐藏，让我看不见你。

有多少个清晨与夜晚，我都听见过你的足音，你的使者一再地走进了我的心房，秘密地将我召唤。

只是，我不知道为什么，今天的我却有些悸动不安，一阵阵巨大的狂喜穿行在我的心头。工作结束的时刻似乎到了，我感觉到了空气中，已经有你降临时而传来的淡淡幽香。

47

花了整个夜晚来等待，却总不见他的出现。又怕清晨他忽然来到我的门前，而我却睡意深沉，呵，朋友，请给他留个门儿吧——切勿拦阻他。

若是他的脚步没有惊动我，那就不要把我唤醒。我不愿意小鸟嘈杂的合唱和庆祝晨光的狂野之风，搅扰了我的睡梦。即使我的主，他突然出现在我的门前，也让我能够无扰地睡眠。

呵，我的睡眠，宝贵的睡眠，只等着他的触碰来驱散。呵，我紧闭的双眼，只在他微笑的光辉中睁开，当他站在我的面前时，就像一个梦，从黑暗的睡眠中冉冉上升。

让他作为最初的光明和最初的形象，呈现在我的眼前。让他的目光成为我觉醒的灵魂中最原初的欢悦。让我自我的回归成为对他即刻的皈依、直接的臣服。

48

清晨的静海，荡漾着鸟语的微波。路旁的繁花竞相绽放。我们却匆匆赶路，心无旁骛，云隙之间透出了霞光万丈。

我们不唱欢歌，也不爱玩耍，我们不去任何的集市，我们一语不发，脸上也不露微笑；我们绝不流连于沿途的风光。光阴荏苒，我们在不断地加快步伐。

太阳升到了中天，有鸽子在阴凉处咕咕地叫唤。萎谢的树叶，则在正午的热风中翻飞舞蹈。牧童在菩提树下的困倦中进入了睡乡。终于，我在水边躺卧下来，于草地上伸展开我疲惫而困乏的四肢。

我的同伴们嘲笑我；他们抬步疾走，他们不回顾也不休息，很快消失在遥远的碧霭与暮色当中。他们穿过无数的山林河谷，经过遥远而奇妙的异地与他乡。英雄的长征队伍呵，光荣必是属于你们！

那讥笑和责备本该促我站立，但我却发现自己仍是无动于衷。我甘心沉沦于欢愉的耻辱深处——那模糊的快乐阴影当中。

阳光织就绿萌里面的幽静，慢慢地覆盖了我的心。我忘记了远行的目的，我无抵抗地把自己的一颗灵心，臣服于此间阴影与歌曲的迷宫。

最后，当我从沉睡中睁开了双眼。呵，我竟然看见了你！那是你站在我的身旁，我的睡眠竟是沐浴在你的微笑当中！我从前是何等地惧怕，怕这道路的漫长与艰险，而要抵达你的面前，那又该是何等的困难，何等的艰险！

49

你从位置上起身，下了宝座，站在了我的屋舍门前。

我正在屋角一个人独唱，这微渺的歌声却被你听到了。于是，你从你的王座上起身下来，站在了我的屋舍门前。

在你的广漠大厅，音乐大师济济一堂，无穷无尽的歌曲，从早唱到晚。但我这新手的简单颂歌，却激起了你的满腔爱意。

这一曲幽伤的小调，和世界上最伟大的音乐之主会面了。你下了你的宝座，还带上了一束鲜花作为奖赏，就这样，你驻足在了我的屋舍门前。

50

我走在村野的路上，挨家挨户地乞讨。你的金辇像一个华丽的梦，出现在了远方。我在猜想，这万王之王究竟是谁呢！

我的希望倍增，我觉得我的苦难就要到头了。我立在路旁，等候你主动地施与，等待那自四面八方散落下来的无穷财宝。

金色车辇在我站立的地方停住。你看到了我，微笑着下车。我深信自己的好运终于今天来临。突然，你却伸出了自己的右手，说道："你有什么东西给我呢？"

呵，这开的是什么样的帝王玩笑，向一个乞丐伸手乞讨！我满是困惑不解，在犹疑中站立。然后，我从自己的口袋中缓缓掏出一粒最小的玉米，献给了你。

那一日的末了，我回来倾空自己的行囊，把它们倒在地上，在我乞讨过来的种种粗鄙物事当中，我竟然发现了一粒小小的黄金。我大惊失色！我不禁失声痛哭，我恨自己没有慷慨地倾尽所有，将它们全都晋献给你。

51

夜色已深，人们一天的工作都已完成。我们想，最后于夜中投宿的客人皆已到来，村子里的家家户户都会关上了各自的屋门。只是有几个人却说："国王要来！"我们大笑，说道："不会的，这是不可能的事！"

好像有敲门的声音，我们说那不是别的，只是过路的风。我们吹灭了灯火，在床上就寝。只是有几个人却说："这是国王的信使！"我们大笑，说道："不会的，这一定是风！"

在沉寂的夜里，传来一种声音，朦胧间，我们以为是远处的雷鸣；大地震颤，屋宇回响，惊扰了我们床上的睡眠。只是有几个人却说："这是车轮碾地的声音。"我们于昏沉之中，嘟囔着说道："不会的，这一定是云天中的雷鸣！"

天还没亮，传来鼓声阵阵，有声音喊道："醒来，快快醒来吧，不要再耽搁了！"我们把手按在了心口，浑身吓得颤抖。只是有几个人却说："看呐，这是国王的旗帜！"我们爬了起来，站起身子叫喊："没有时间了，不能再耽搁了！"

国王已经来了！——但是，灯火在哪里？花环在哪里？给他预备的宝座又在哪里呢？呵，丢脸，实在太丢脸了！哪里是客厅？茶几茶座又在哪里呢？只是有几个人却说："叫也无用了！用空空的手掌来迎接他吧，把他带到你空空的房子里来！"

打开了屋门，吹响彻入天际的法螺！在深夜中，国王光临我那凄黑空虚的房子。雷声在空中怒吼，黑夜被闪电粉碎。拿出你破旧的席子，将它铺展在你的院子中吧。

我们的国王，在如此恐怖之夜，突然与风暴一同来临。

52

我想，我应当向你提出请求——可是，我又不敢请求那挂在你的颈项、以玫瑰制就的花环。于是，我等到了黎明之初，在你离开之后，试图从你的床上寻找一些玫瑰的碎片。我像乞丐一样，于晨光熹微中来此寻找，只为得着那一两片散落下来的花的碎片。

呵，那个可怜的我啊，我究竟找到了什么呢？你留下了什么样的爱的标记呢？那不是花，不是香料，也不是一大瓶的香水，而是你的一柄庄严的宝剑，如火焰一样放光，像雷霆一般沉重。

清晨的微光透过了你的窗户，洒在了你的床上。晨鸟们在叽叽喳喳地发问："女人，你得到了什么呢？"哦，不，它不是花，不是香料，也不是一大瓶的香水，而是你的一把可畏惧的宝剑。

我不禁坐了下来，细细地思量，这是你的一份什么样的礼物呢？我既没有地方藏放，也不好意思佩带。我是这样柔弱，当我抱它在怀时，它就把我压得疼痛。但是，我仍要把这份恩宠铭记在心，你的礼物，这份沉痛的荣耀。

从那一天起，我没有了畏惧，在我的一切人生战斗当中，得胜的都是你。你让死亡与我做伴，我将以我的生命来给它加冕，你的宝剑又助我劈开我的羁绊。是的，在这个世界上，我从此没有了畏惧。

从那一天起，我丢掉了一切琐碎的饰物，呵，我心灵的主人，我已于世无求，我再也不会向隅而泣，也不再畏怯与娇羞。你既已用你的宝剑给我授意，我就不会再要那些玩物，那些琐碎的饰品来装点我的人生了。

53

你的手镯真是美丽，镶着星辰，精巧地嵌入了五光十色的珠宝。但是，我却以为你的宝剑更是美得不可方物，那弯曲的闪光，像是毗湿奴的神鸟展开的双翼，完美地平悬于落日怒发的红色光芒里边。

它的战栗，就像人之将死时的临终一击，痛苦迷醉中的最后回应。它的闪耀，就像纯粹的火焰，在燃尽尘缘世情的时候，携带着的最后强烈的光芒。

你的手镯真是美丽，星星点点嵌满了珠宝；但是，你的宝剑，呵，雷霆之主，它铸就了如此超凡绝顶的美丽，看到想到的都是畏惧与战栗。

54

我对你无所要求，我不向你的耳中说出我的名字。当你离开的时候，我只是静静地站立，单独立在了树影横斜的水井旁边。

女人们顶着深褐色的瓦罐，已经汲满了水要回家。她们对着我喊道：“和我们一块走吧，清晨已尽，午时遽至。”但我仍是缱绻而流连，沉浸于恍惚的迷思之中。

我没有听见你行来的足音，你的眼睛幽伤地落在了我的身上，低语时的声音是困乏的——“呵，我是一个饥渴的旅者。”我从自己的恍惚当中惊醒，把我瓦罐里的水，倒在了你互捧的手掌当中。树叶在头顶上沙沙作响，远处的布谷鸟在看不见的幽暗处歌唱，曲曲折折的小径，飘来了胶树花的芳香。

你问起我的名字，我满心羞愧，悄立无言。真的，我替你做过了什么呢，值得你来记挂？但是，我得了这种恩宠，有幸能给你饮水解渴，这段温馨的回忆将永存于心底。

天时不早了，鸟儿唱着疲倦的歌，楝树的叶子在头顶上沙沙作响，而我却坐了下来，反复地想了又想。

55

倦意深深袭入了你的心，那未醒的醉梦犹且挂在你的双眸。莫非你未曾得知，荆棘中的那丛鲜花正在盛开的消息？醒来，哦，快快醒来！不要让时间这样空虚度过。

在石头路的尽端，在未垦的乡野，我的朋友他还一个人坐在孤独当中。请不要再哄骗他了。醒来，哦，快快醒来吧！

即使天空在正午的炎炎烈日之下喘息颤抖；即使燃烧的沙土，还在铺展它满是饥渴的外裳。

在你的深心里面，难道就没有一丝喜悦于暗中萌生吗？在你的每一次举步，每一次踏足的当下，这道路的竖琴，它难道不曾绽放那痛苦而甘美的音乐吗？

56

主啊！你在我里面的欢乐是如此丰盛，你如此屈尊地愿意俯就于我。哦，你这诸天之主，假如没有了我，那么，你的爱，今日又将落于何方？

但你终于让我享有了你，享有了你所有的丰盛与富裕。在我的内心，你就是无有穷尽的欢乐之源；我的生命体现的永远都是你的意志。

就是为了这一个目的，你这万王之王，便以美色来装扮自己，赢取了我的芳心；就是为了这一个目的，你终于将自己的爱融入了你爱人的爱里面。在那里，你将以我们的完美结合，再度将自己显现出来。

57

光明，哦，我的光明，普照大地的光明，这吻着眼目的光明，这沁入肺腑的光明！

哦，亲爱的，光明在我生命的中心跳起舞来了；亲爱的，那光明正在弹拨我爱的琴弦。天开了，风儿狂奔，朗朗笑声响彻大地。

蝴蝶在光的海洋上，展开了它的翼帆。百合，还有茉莉，它们在光的浪尖上起伏、翻滚。

亲爱的，这四射的光辉，它在每一朵高天的云彩上散映成金，洒下了慷慨无量的珠宝。

亲爱的，无边的欢喜正在树叶间弥漫，快乐异常。天河决堤了，这欢喜的洪流是如此浩大，如此地奔泻而下。

58

主啊，让我最后的歌唱，能够融入你的一切欢乐。

那欢乐，使大地的草海欢声雷动；那欢乐，使生死这对弟兄，于广大的世上并肩舞蹈；那欢乐，与狂烈的风暴一道，席卷而至，用此等盛大的笑声，来动摇和唤醒一切的生命、所有的生机；

那欢乐，也曾伴着泪水，安静地歇在了红色莲花那盛开的痛苦当中；那欢乐，它超出了一切的言语和词句，把你所有的所有，全部抛出，纷纷落在世界的每一粒尘土之上。

59

是的，我知道的，这一切不是别的，它们正是你的爱。哦，我心灵的爱人呀！——这曼舞于树叶的金光，这穿行于天际的闲云，这于我的额头留有清明凉意的微风。

拂晓时分的晨光，一旦涌入我的双眼——我就知道，这是你传递给我心灵的消息。你俯下了你的脸，自高天之上凝视着我的双眼；而我的心，也已经触及了你的莲花双足。

60

孩子们相会在无垠世界的海岸，辽阔的苍穹在他们的头顶静止而安然，不宁的海水却在脚边汹涌激荡；孩子们相会在无垠世界的海岸，他们一边舞蹈，一边欢唱。

他们用沙子盖起了房屋，手中摆弄着空空的贝壳。他们还用枯萎的树叶编成了小船，又欢笑着让小船漂浮到深远的海上。孩子们在世界的海岸，进行着他们专注而安定的游玩。

他们不知道如何游泳，他们也不懂得怎么撒网。采珠者在寻找宝珠，商人们向远方出航。而孩子们却把石头捡起，再把石头扔下。他们既不寻找那隐藏的宝藏，他们也不知道如何进行撒网。

大海欢笑着翻卷起浪花，而海滩的微笑则泛着苍白而黯淡的光芒。致人死命的波涛，对孩子们唱着毫无意义的曲调，仿佛母亲晃着摇篮时的朦胧哼唱。大海陪同孩子们一起游玩，而海滩的微笑则泛着苍白而黯淡的光芒。

孩子们相会在无垠世界的海岸。风暴在没有路径的空中呼啸，航船在没有轨道的海上沉亡。死神在肆虐而猖狂，孩子们在戏耍与游玩。在无垠世界的海岸，有着孩子们一场无比盛大的表演。

61

这轻轻掠过婴儿双眸的睡眠，莫非有谁知道它来自何方？是的，传说它居住在森林的暗荫深处，一个由萤火虫的迷离之光照耀着的梦幻村庄，那儿悬挂着两颗羞怯而诱人的花的蓓蕾——它就是从那里飞来，轻轻吻着了婴儿的双眼。

这闪烁在婴儿睡梦中的唇边微笑，莫非有谁知道它生于何处？是的，传说它就是新月的那一抹青春的光，突然触碰到了即将消逝的秋天云彩的边缘，于是，微笑便乍现于沐浴着朝露的晨间的梦乡——在婴儿的睡梦中，这唇边的微笑便是这样闪闪发光。

这花朵一般绽放在婴儿四肢上的柔美且鲜嫩的清新生气，莫非有谁知道它也曾久久地藏在何地？是的，传说中，当母亲还是一位少女的时候，它就已经充满了她的心房，在爱的温柔与宁静的神秘中暗暗收藏——那柔美而鲜嫩的清新之气，就这样在婴儿的四肢上，如花朵一般全然绽放。

62

当我送你彩色玩具的时候，我的孩子，我终于明白，为什么空中的云、地上的水会如此色调斑斓，我也明白了为什么每一朵鲜花都会被染上各自的色彩——当我送你彩色玩具的时候，我的孩子。

当我的歌唱使你翩翩起舞的时候，我已真切地知道，为什么树叶与树叶之间会奏响音乐，为什么波浪会把它们合唱的声音，毫无保留地送进谛听着的大地的心房——当我的歌唱使你翩翩起舞的时候。

当我把糖果放入了你贪婪的手掌的时候，我彻底清楚了，为什么在鲜花的杯盏里面会藏有蜂蜜，为什么水果的心中会秘密地贮满了果汁的香甜——当我把糖果放入你贪婪的手掌的时候。

当我的吻，落在你的脸上，它竟使你如此容光焕发的时候，我亲爱的孩子，我确实了解了于晨光中流经天际的，该是怎样的一种欣悦之流；夏日的凉风吹送到我身上的，这该是怎样的一种欢愉与惊喜——当我吻你的脸，使你如此容光焕发的时候。

63

主啊，你让素不相识的朋友一一认识了我，你在别人的家中为我安立了座位。你使长长的距离缩短，使生人一再地变成了弟兄。

当我必须离开自己熟悉的旧家之际，我的内心时常是不宁静的。因为我忘记了这其实是故人迁入了新房，还忘记了你也会与我一同居住在那里。

通过生与死，通过来世与今生，无论你带领我到了哪里，总是你，一定是你，我无常生命中唯一不变的伴侣，你一直都在以欢乐的丝线，把我的心与陌生的人、陌生的世界联系在一起。

人一旦认识了你，世上就不存在陌生的人群，再也没有了紧闭的门户。呵，只是，只是请恩准我一个隐秘的请求，使我在与众生无穷无尽的游戏当中，永不失去与你单独相会的无上欢喜。

64

在荒凉的河岸上，草色深沉，我问她：“姑娘，你用披纱遮护着灯，是要到哪里去呢？我的屋子又寂寞又黑暗——请把你的灯借给我吧！”在薄暮里，她抬起她那乌黑的双眸，看着我的脸，沉吟了一会儿。“我到河边来，”她说，“是要在太阳西沉的时候，让我的灯漂浮在水面上。”我独自站立，在深深的草丛中，望着她那幽暗的灯，无用地漂浮在水面。

在黑夜的寂静中，我问她：“姑娘，你的灯都已经点上了，你是要拿着这盏灯到哪里去呢？我的屋子又寂寞又黑暗——请把你的灯借给我吧！”在夜色中，她抬起她那乌黑的双眸，望着我的脸，犹疑了一会儿。“我到这里来，”她最后说，“是要把我的灯献给天上的神明的。”我独自站在那里，望着她那空虚的灯，无用地在虚空中发光。

在没有月亮的深夜，凉气袭人，我问她：“姑娘，究竟是什么原因，让你把灯紧紧抱在胸前？我的屋子又寂寞又黑暗——请把你的灯借给我吧！”她站住了，在深黑的中夜凝视着我的脸，思索了一会儿。“我带着我的灯来，”她说，“是想让它参加灯与灯相会的节日的。”我站在那儿，望着她那小小的灯，无用地消失在众灯发放的众光之中。

65

哦，我的主人，你究竟要从我这满满流溢的生命杯盏当中，啜饮什么样的神圣之酒呢？

我的诗神，你借由我的双眼，观看你自己的造物；又通过我的耳际，静静谛听你自己的旋律。这么做，正是你不朽的欢乐吗？

你的世界，在我的心中编字成句，你再以你的欢乐给它谱成了乐曲。你总是在爱中把自己交给了我，又借着我的生命，来感受你自己那最是圆满的爱情。

66

在光影不定的迷离之间，她一直潜伏在我生命的幽深之处，她也从来不肯于黎明的光辉中将自己的面纱揭下。哦，我的主人，今日，我只好把她轻轻收起，藏在这最后的一首歌里，作为最后的一份赠礼献给你。

说过无数求爱的话语，但还是没有赢得她的芳心。一切的劝诱，只是徒劳地向她伸出热切的手臂。

我把她深藏于自己的中心，从一国到另一国，一地到另一地，遍处漫游，我生命的荣枯也围绕着她起起落落。

她掌管着我的思想、行动，还有梦境，而她自己，却离群索居，毫不动心。

多少人曾敲开我的房门，试图拜访她，但最后都绝望地离去。在这个世上，从来没有一个人与她单独相会过，她守在自己的孤独当中，只是静静地等候着你的赏识。

67

你虽是无际的天空，你也是深深的巢穴。

呵，何等美好的你，竟会将自己的爱情，安放在了这样一个小小的巢穴里面，还用色彩、音乐和香气来装点巢穴中的魂灵。

在那里，清晨来了，它用右手拎着黄金的篮子，里面装满了美好的花环，在沉默中为大地加冕。

在那里，黄昏来了，它越过无人放牧的野地，穿过车马绝迹的小径，在它金黄色的小瓶里面，盛放着自西方大海的安详里面，掬来的和平而又清凉的神秘净水。

在那里，只有纯白的光辉，它掌管着为灵魂的翱翔而铺展开来的无穷天际。但是，那里却无昼无夜、无形无色，而且永远、永远无有任何的一种言辞，可以将它全面描述、全然表达。

68

我整日站在自家的门前，伸展我的臂膀，终于，你的光束照到了我的地面，我的泪水、我的叹息，还有我的歌声，全都化作了高天的云彩，返回到你的莲花足旁。

你欢喜地把这云彩的衣裳，披在满是星光的胸前，你让它裁出无数的褶纹和形状，还染上了无常变幻的多彩模样。

它是那样地清扬，那样地稍纵即往，它也温柔、它也含泪，而且黯淡。

因此，你深深地怜惜着它。呵，庄重的无瑕者，这就是为什么它能够以楚楚动人的身影，遮住了你那可怖的、不容直视的纯白之强光。

69

就是这股生命的溪流，它日夜流淌，流过我的血管，流过了整个世界，还应和着节拍，跳起了舞蹈。

就是这同一个生命，它从大地的尘土里，欢快地伸展出无数的枝叶，还在繁花与细草中荡漾开了碎密的波浪。就是这同一个生命，它潮涨潮落，晃动着生死大海的无常摇篮。

我感觉到了，我的四肢因受到生命世界的爱抚而熠熠发光。我的骄傲，是因为这时代的脉搏，此刻正在我的血液里面神奇地悦动，欢乐地舞蹈。

70

这愉悦的旋律莫非不能令你欣喜？不能令你于回旋中激荡，于激荡中破碎，于破碎中消亡，消亡于这可畏惧的欢乐的洪流中吗？

世界万物，都在急遽前行，它们既不停留也不回顾，没有一种力量可以阻断它们的步伐，它们只是急遽地飞奔，急遽地前行。

每一个季节都伴随着不停的节律，舞动而来，舞尽而去——色彩、音乐和香气都在这满满流溢的欢乐当中——融入了这奔腾无尽的存在的洪流，每时每刻，它们都在迸溅、坠落，进而消亡。

71

我知道，我应当用好此身，四方成长，将多彩的人生影像尽情投射出你的诸种光芒——这是你的摩耶，这是你的幻境。

而你，却把自己置于高高的坚壁之内，只用万千的音符来召唤你的无穷幻身。如今，你的某一部分已从我这里获得了幻境之身。

于是，高亢的歌声响彻诸天，它于缤纷的泪水与欢笑、恐惧与希望中长久回荡；潮涨潮落，梦破梦圆，而你的幻身，在我的里面年深日久、逐渐凋残。

你卷起的那一层帷幕，是你用昼夜的双重画笔绘成的无数图样。在这帷幕的后面却有你的王位，它舍弃了一切单调乏味的直笔，只取用神秘奇妙的曲线，将你的宝座编织而就。

你我组成的这个伟大的庆典，它遍满了虚空；你我的这种歌声也令天宇震颤。无数个年代，就这样在你我的这种躲藏与寻觅的嬉戏中，一一消殒。

72

就是他，那位最神秘者，用他幽深的触摸，来唤醒我的生命。

就是他，那位施魔法者，把他的魅力注入了我的双眼，他还欢快地在我的心弦上奏出各种悲喜无常的乐章。

就是他，用金银青绿各种迷离的色彩，织就了幻觉的巨网，只透露一丝讯息于裸落在外的双足。唯此莲花双足的轻触，让我浑然忘却了自己。

日徂月流，寒暑代谢，就是他，永远都在以种种的名义，种种的伪装，种种的深悲与狂喜来撼动我的心，唤醒我的生命。

73

我不需要以弃绝的方式来获取自由，在人间万千欢愉的联系之中，我一样感受到了自由的怀抱。

你总是以你那色彩不一、芬芳各异的新酒，不断地斟满我这粗糙的杯盏。我的世界，将用你的火焰点亮那万盏不同的光明之灯，并将它们安放在你庙宇圣坛的前方。

不，我永远不会关闭我的感官之门，视听触的种种快乐里面，必是承载着你无穷的欢悦。

是的，我的一切幻想，都将燃烧成喜气洋溢的光明，我的一切愿望，都将发育、并结成最后甘美的奉爱之果。

74

白昼已尽，夜的暗影渐渐罩住了大地。现在，已是我到河边汲水、装满我的瓦罐的时候了。

夜的空气中，遥遥传来了流水的哀音，伴有一种深切的期盼。呵，它在召唤着我到那深深的暮色中来。孤寂的小径上空无一人。风渐渐大了起来，河面上也泛起了一阵一阵的波纹。

我不知道自己是否应该回到家中，我也不知道我在路上会遇见什么样的人。在浅滩停泊的小舟上，有一位陌生人，他一直在拨弄着他的鲁特琴。

75

你赐给我们凡人的礼物，满足了我们的一切需求；然后，它们又丝毫未损地重返到了你自己那里。

河水有它每日的工作，它不停地流过田野，穿过村庄。然后，它那无穷无尽的流水，又蜿蜒曲折地返回，来清洗你的莲花双足。

群花用它们的芳香，熏遍了大地与大地上方的虚空，但它们最终的使命，却是借此把自己奉献给你。是的，对你的无量供奉，永不致世界于贫穷。

人们在诗人的字句中，找寻的往往是取悦自己的意义。但是，这些字句最终的价值，还是一样不少地全都指向了你。

76

年复一年，日复一日，啊，我生命的主，我终于有朝一日能与你面对面站立，单独相会了吗？啊，诸世界的王，彼时，我双手合十，能够与你单独相会了吗？

在你辽阔的天穹之下，在庄重与肃静当中，我携带虔敬之心，终于能够与你单独相会了吗？

在这劳苦的世界之上，艰辛与奋斗喧腾四方，于营营扰扰的人群当中，我终于能够与你单独相会了吗？

当我完成了这世上的所有工作，啊，万王之王，我独自一人，在悄然无语的沉默当中，终于有望与你面对面站立，能够单独相会了吗？

77

我知道你是我的主，我远远立在一旁——我不知道你也属于我而大胆靠近你。

我知道你是我的父，我匍匐在你的脚下——我却没有能够像朋友那样，握紧你的手。

我没有站立在你降临的地方，把你据为己有；我没有站在那里拥你入怀，视你为我的同道。

你是我弟兄中的弟兄，但我不大理睬诸弟兄，我不与他们平分我的宝物，我以为这样做，我就能够与你分享我的一切与所有。

在欢乐和痛苦当中，我并没有站在人类这一边，我以为这样做，我才能与你站在一起。

因我畏惧着不肯舍生，最后，却使我未能纵身于这伟大的生死海。

78

造物伊始，繁星射出了第一道炫目的光芒，众神齐聚天界，唱起了欢歌：“啊，完美的画图，纯粹的喜乐！”忽然，其中一位天神喊叫起来——“光的链条上似乎缺开了一环，一颗星星不见了。”于是，他们竖琴上的金弦，猛然之间断裂，歌声也戛然而止，他们惊惶起来：“是啊，那颗迷失了的星星，她是多么完美，她就是诸天的荣耀！”

从那一天开始，他们就没有停止过寻找，他们众口相传，由于她的丢失，世界也失去了一份欢乐。

只有在最深沉的静夜里面，众星们却微笑着低语——“寻找是何等的徒劳，无憾的圆满，遍在永是，笼盖着一切！”

79

假如，我今生无缘与你相见，那就让我永远为这次错失而备感痛楚——让我念念不忘，让我醒时梦时都怀带着这份悲哀的苦痛。

当我把日子耗费在世界的集市，双手堆满了当日的赢利之时，那就让我永远为这种收成而备感虚空——让我念念不忘，让我醒时梦时都怀带着这份悲哀的苦痛。

当我歇在了路边，于疲乏中喘气，当我要在尘土中铺设卧具的时候，请让我永远记得前方还有悠悠长路——让我念念不忘，让我醒时梦时都怀带着这份悲哀的苦痛。

当我把华屋装扮完毕，当我吹响了手中的长笛，放声大笑的时候，请让我永远能够记住，我还没有邀请你的光临——让我念念不忘，让我醒时梦时都怀带着这份悲哀的苦痛。

80

我像一片秋日的残云，无用地在虚空中飘荡。哦，我永远发光的太阳！你的触碰还没有蒸尽我的浑身水滴，使我得以与你的光辉合二为一。于是，我唯有细细数点着，那些与你分离的无数个日日夜夜。

假如，这是出于你的愿望，假如它原本就是你的戏场，那么，就请为我那些无常的虚空生涯，镀上一层黄金、染上一些色彩吧，让它于肆意的风中自在漂浮、游荡，舒展出万种奇观。

而且，假如你愿意，愿意于今晚就结束这场嬉戏，那我会在这个黑夜里面，或是在洁白清晨的微光当中，在它最是纯粹、最是透明的清凉里面，让自己融化，把自己消解。

81

在许多闲散的时光里，我曾痛惜自己以往错失的日子。但是，我的主啊，它其实从未虚度，因为我知道，你已用你的手掌，掌管了我生命中的每一寸光华。

你潜藏在万物的中心，滋养着每一粒种子的萌蘖与开花，你还孕育出它们自身的果实。

我曾满身困乏，我曾躺在了自己闲适的床上，想象着一切工种都已停歇。清晨醒来，我却发觉，我花园的里面，竟已悄然开遍了各样的异卉奇花。

82

主啊，你手掌中的光阴是没有穷尽的，你的分分秒秒，凡人又如何能够测度。昼夜交替，寒来暑往，时代的来往如同花开花落。唯有你最是知道等待的深义。为一朵小小的野花，你愿意支付无数的世纪，一个接着一个，接连不断，直至这野花趋于圆满。

而我们，却没有足够的光阴可以随便错过。因为我们没有时间，所以我们必须操劳奔忙；因为我们一贫如洗，所以我们不能坐失良机。

于是，当我把时间供给了每一位向我索取它的性急的朋友时，我自己的光阴也就消亡了。所以，直至最后的时刻，我都没有为你的祭坛，供奉一点像样的祭品。日子将尽，我匆匆赶来，心中担忧着你已经关闭了大门；但临末之际，我却发现，时间仍有余裕。

83

母亲，我要用我悲哀的泪滴，串联成珠，高挂在你的颈项。天界的繁星用它们的星光制成了脚镯，装点你的莲花双足，而我，却要以泪水打造的项链悬挂在你的胸前。

世上的名利皆是从你而来，自然也全凭你来生杀予夺。但这悲哀，的确是我自己的。当我将它作为祭品奉上给你的时候，你却用你满满的爱意酬答了我。

84

分离的隐痛遍满整个宇宙，它为无际的苍穹造就了无穷的情境。

正是这份分离的隐痛，它于每个不同的夜晚，悄然凝视高天的星辰；并在七月的雨夜，于树叶蓁蓁的奏吟之间，书写了抒情的诗篇。

正是这份遍地弥漫、时时高涨的隐痛，它深深化入了人间的情爱和欲望，形成悲喜苦乐的人生无常。

也正是这份分离的隐痛，它永远都在借由我诗人的心，融化成歌，喷薄而出。

85

当勇士们从他们主人的殿堂刚刚步出之时，他们把自己的力量藏在哪里了呢？他们把盔甲和武器藏在哪里了呢？他们显得贫穷而无助。当勇士们从他们主人的殿堂走出来的那一天，他们就要经受如雨点一般箭矢的洗礼。

当勇士们又重新整装步入他们主人的殿堂之时，他们把自己的力量藏在哪里了呢？他们已经放下了刀剑与弓矢，和平在他们的前额闪闪放光，当勇士们重新整装，走回他们主人的殿堂的那一天，他们就把生命道上的果实，全都留在了身后。

86

死神，他是你的仆人，他终于来敲击我的房门了。他穿过了那一片不可知的海，把你的召唤带到了我的住家。

夜色凝重，此心惧怕——但我还是掌灯开门，向他鞠躬，以示欢迎。因为，站在我门口的，是你派遣的信使。

我眼含泪水，双手合十来礼敬他，我将把我心中的珍品一一摆放在他的脚下来崇拜他。

他一旦完成了使命，就要回去。在我清晨的光辉中就会留下死的阴影。我苍凉的家中，只剩下了孤独的我，我将把自己作为最后的祭品，献给你。

87

在毫无希望的希望当中，我开始在自己房子的每一个角落里找寻她；最后，一无所获。

我的房子实在太小了，东西一旦消逝，就再也无法找回。但是，我的主啊，你的府邸却是无边广大，为了找到她，我必须来到你的门前。

我站在那暮霭笼罩的黄金般的天穹之下，向你抬起了我饥渴的双眼。

我来到了这永恒的边缘，此处，万物圆满——没有空虚的希望，也无所谓人间的欢场，更没有一张透过泪眼观望的人的脸庞。

呵，就把我空虚的生命浸入到这个海洋里吧，把它投进那最深最深的圆满当中。让我进到宇宙的全然里面，感受一次，那曾经失去的、最是甜美的接触吧！

88

哦，破庙里的神呐！维那琴的琴弦已断，它再也不会弹唱那些献给你的赞歌了；晚祷的钟，也不再宣告礼敬你的时间。你的四周，空气已经凝固，一切趋入沉寂。

春日的微风如同游荡的浪子，它曾拜访过你孤独的寓所，它也带来了花的潮汐——那些用作膜拜你的香花，已经不再有人来此供奉了。

你的膜拜者，唯有那些衰老的流浪汉，他们永恒的饥渴尚未被最后满足。黄昏时分，当光与影混杂于灰暗的尘土之际，这些人会带着心灵的困乏，疲惫不堪地返回这座破败的庙宇。

破庙里的神啊，众多的节日，都在你的寂寞中走过。多少个没有灯火的崇拜之夜，也都一一消殒无踪。

艺术的大师，技艺精湛，他们次第造就崭新的神祇；当日子到了，它们又被次第扔进遗忘的圣河。只有你，破庙里的神啊，你存在于不朽的被忽略当中，遗忘于无人礼拜的寂寞与凄凉里面。

89

我再也不去高谈阔论了——这是我的主，你的旨意。从那时候开始，我便低声细语，我心里的话语，要用歌声把它吟唱出来。

人们行色匆匆，都要赶往国王的市场那边去，所有的买者和卖者都相聚在那里。但我，却在工作最是繁忙的正午时分，早早离开。

那么，请让花朵就在此时开放于我的花园当中吧，尽管花时未至；请让正午的蜜蜂，于我的花园里面，奏响它们慵懒的音声吧。

我曾经用大把大把的时间，花在了善恶的交战当中；然而现在，正是我那于闲暇时分携手的玩伴的欢愉，把我的心吸引到了他那里去。我也不知道这突然的召唤，究竟会成就一种何等无谓的意外。

90

当死神来郑重敲门的时候，你将贡献什么于他呢？

呵，我要在我尊贵的客人面前，斟上我满满的生命杯盏，我绝不会让他空手而归。

我所有秋日和夏夜的甘美收获，我忙碌一生所已挣得、所已收集的一切，在死神叩门的终结之日，我要全部呈献在他的面前。

91

呵，你这生命最后一步的圆满，死亡，我的死亡，来对我低声耳语吧！

我日日夜夜地守候着你。为了你，我甘心忍受生命当中所有的无常悲喜。

我的一切存在、一切拥有；一切的希望和一切的爱，总是在最幽深的秘径当中，一直向你奔流过去。

当你的眼神向我投下了那最后一瞥，我的生命就被你完全地占有。

如今，花环已经编好，婚礼过后，新娘就得离开她自己的旧家，在静静的夜色当中，她要和她的主人单独相会了。

92

我知道，这个日子终将到来，我眼中的尘世人生，就这样渐渐消殒。生命于沉寂当中，向我做了最后的辞别，拉上它的帷幕，盖住我的双眼。

但是，繁星一样会在中夜守护，晨起的天光也会照常来临，而时间就像翻涌的海浪，继续激起人世的种种欢乐与哀伤。

当我想到了我时间的终点，那道神秘的屏障便破裂了。我在死之光辉当中，见到了你的世界充满着此世被丢弃的无穷珍宝。那最低的座位，恰恰最为稀奇；那最是卑贱的人生，原来最为罕见。

我曾经苦求而未得，我曾经一劳便得偿所愿——让这些都过去吧，请让我只是真实地拥有那些我一直轻视、一直忽略的事物。

93

我必须上路了，弟兄们，请为我饯行吧！向你们所有人鞠躬之后，我就应当启程了。

我交还了我门上的钥匙——交还了房子的所有权限。如今，我只请求你们最后的几句话语，便要开始赶我的前路了。

我们做过很久很久的邻居，但是，我接受的多，给予的少。现在天已破晓，我黑暗屋角的灯火已经吹灭，召命已至，我准备远行了。

94

在我动身的时刻，我的朋友，请祝福我一路顺风吧！天空里晨光辉煌，我的前路是美丽的。

不要问我带些什么到那边去。我踏上的这趟旅程，只携带空空的双手和一颗渴慕的心。

我要穿戴婚礼上的花环，我披上的不是红褐色的行装。虽然道路曲折，不免间关险阻，但我的心头却毫无畏惧。

在我旅途的尽头，将会闪现傍晚的星光，从那位国王府第的门庭里，会传来黑夜的旋律，音乐的调子低沉而哀伤。

95

起初，当我跨过这道生命的门槛之际，我毫无知觉。究竟是什么样的力量，让我在这无边的神秘里面开放，像一朵娇嫩的花蕊，绽放于午夜的森林！

在清晨醒来，我看到了这光明，我立刻发觉，在这个世界，我并不是一个陌生的人。不可思议、无可名状的那一位，她已经以我母亲的形象，把我拥入了怀中。

是的，就是这样，在死亡里面，这同一位不可知者也会以我熟识的面容出现。因为我爱上这个生命，我知道，我也一样地会爱上死亡。

当母亲将她的右乳从婴儿的口中拿开，他号啕大哭，但他立刻又会从母亲的左乳，得到了属于他的那一份安慰。

96

我所见过的都是无与伦比的。当我临走的时候，就以之作为我的话别吧。

我曾品尝过光明海上开放的莲花里面隐藏的花蜜，我也因此受到了祝福——就以之作为我的话别吧。

在这气象万千、形象无穷的宏大戏场里面，我已经认真游玩过了；就是在这里，我还有幸瞥见了无形无相的他。我的整个身体与四肢百骸，曾因那无须触碰而到来的抚摸，不由浑身战栗。假如此刻死亡降临，那让它来吧——就以之作为我最后的话别吧。

97

当我和你一同游戏的时候，我从来没有问过你是谁。我不懂得羞怯，也毫不惧怕，我的生活无比欢腾。

在清晨，是你来把我唤醒，像我自己的伙伴一样，带着我穿过了林间野地。

那些时光，我从未细想，要去了解你对我吟唱的那些歌曲的意义。我的声音只是随调附和，我的心则是踏歌起舞。

现在，游戏的时光已尽，这突然出现在我眼前的情景是什么呢？世界垂下了它的帷幕，只是俯首于你的莲花双足，与所有肃穆的群星一道，在敬畏中默默站立。

98

我要以我的失败，作为你的花环与战利品来装点你，逃避以不接受你的征服，我没有这个权利。

我确实知道我的傲慢会碰壁，我的生命将因极度的痛苦而炸裂，我空虚的心会像一支空空的芦笛发出的呜咽哀音，在泪水当中，连顽石也开始融化了。

我确实知道莲花的一千个花瓣不会永远闭合，深藏其中的花蜜也定将显露。

在高处的碧空，有一只眼睛凝视着我，它默默地将我召唤。我将一无所有，彻底地一无所有，并将从你脚下领受这绝对的死亡。

99

我放下了掌舵的圆盘，我知道，你接管的时候已经到了。当完成的事就立即完成，抗拒与挣扎是徒劳的。

我的心啊，那就请把你执着的双手拿开，默默地接纳你的失败吧，当我想到，我能在你设下的位置上安坐，这将会是一件何等荣耀的幸事。

我的几盏灯火曾被一阵阵的轻风次第吹灭了，为重新点燃它们，我总是忘却了其余的事情。

但这一次我要聪明一些，我要把席子铺在地上，在黑夜当中坐守着你。我的主人，什么时候你高兴了，就请悄悄地过来，请在我铺好的位置上坐下来吧。

100

我潜入了那形象丰富的深海，希望得到那无形无相的完美珠宝。

我不再以我那久历风雨的旧船行遍天涯，我搏击风浪的岁月已经远去，现在，我希望死于不死当中。

我要拿着我生命的竖琴，走进那广漠的音乐大厅，那里回荡着沉默的音乐，那里有着无可测度的深渊。

我要给我的琴弦调出音调来，好与那永恒的音乐彼此合拍。当它发出了那最后的幽幽余音，就把我这缄默的竖琴，一并放在了你的脚边，归于沉寂。

101

我这一生，永远是用诗歌来寻找你。也是因为对你的这种寻找，使得我从一地到另一地，从一扇门到另一扇门，借由它们的吟唱，我感受着自己，并探索、触摸着自我的世界。

我所学得的功课，都是诗歌教给我的；它们把生死的秘径指示给我，并把我心灵地平线上高悬的繁星，呈现在我的眼前。

它们用整个白天来带领我，带我走进那悲欣交集的神秘国度。最后，在我旅程的终了，那黄昏时分，它们会把我带入哪一座宫廷的大门呢？

102

在众人面前，我曾夸口说自己认识你。在我所有的画作当中，他们看到了你的画像。于是，他们走过来问我道："告诉我，这画像里面的人是谁呢？"我不知道该怎样回答。我说："其实，我也无力说出他来。"他们便责备我，不屑地走开了。而你，却坐在那里只是微笑。

我把你的事迹，写进了永恒的诗歌，而在我的心中，却奔涌着各样的秘密。于是，他们走过来问我道："告诉我，这诗歌里面的所有意义。"我不知道该怎样回答。我说："呵，谁知道那是什么意思呢！"他们便哂笑我，轻蔑地走开了。而你，却坐在那里只是微笑。

103

呵，我的主人，在我向你敬拜之时，请让我全部的感觉，都能够舒展开来，去触摸你脚下的这个世界。

如同七月潮湿的雨云，带着那未坠的雨点，低低垂下；在我向你敬拜之时，让我全部的心意，也能够垂首拜倒在你的门前。

让我所有的诗歌，汇聚成一股曲调不一的洪流，在我向你敬拜之际，让它能够注入那一片寂静的目的之海。

如同一群思乡的天鹤，在日夜兼程地飞回它们的巢穴；在我向你敬拜之时，也让我全部的生命，能够得以启程，返回到它那永恒的家园。

诗人参加印度爱国主义集会时的留影，
1875 年

诗人与女儿比拉、儿子拉塔的合影，1889 年

诗人在加尔各答，1914 年

诗人与印度学者 Pandit Bhimrao Sastri 的合影

诗人与中国画家徐悲鸿的合影

诗人与友人的孩子阿毕吉特交谈

诗人在寂乡与甘地的合影，1940 年

诗人带长子拉塔在伦敦与友人罗森斯坦（右立）等合影，1912 年夏

诗人与友人罗森斯坦合影，1912 年夏

诗人在离开欧洲前与安德鲁斯合影，1920 年

诗人在中国与徐志摩、林徽因等合影，1924 年春天

诗人在德国与爱因斯坦合影，1930 年

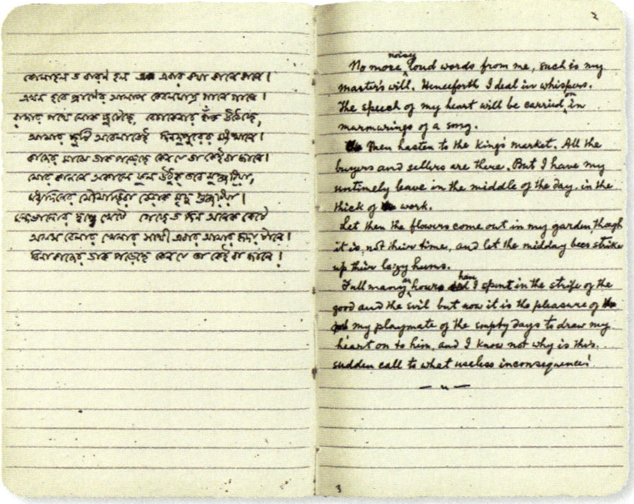

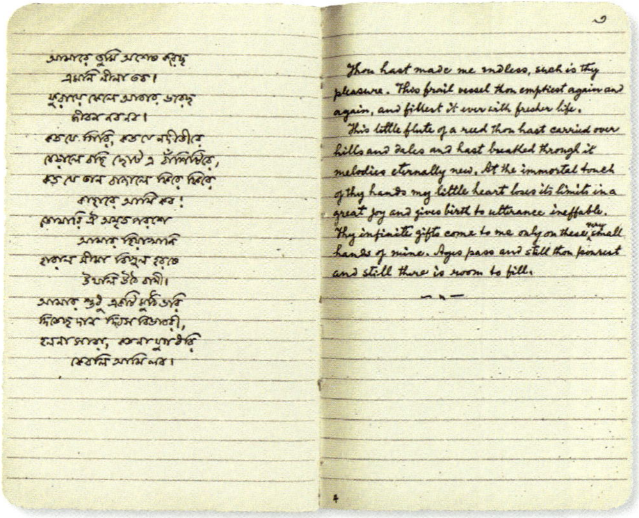

诗人的英文与孟加拉语《献歌》对照手稿本

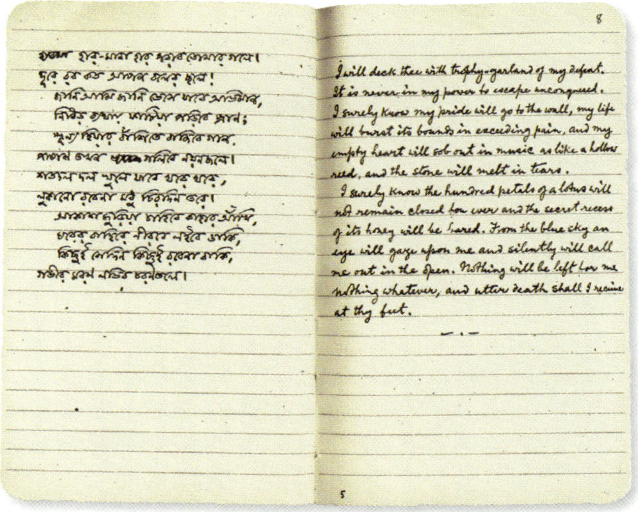

8

I will deck thee with trophy-garland of my defeat.
It is never in my power to escape unconquered.
I surely know my pride will go to the wall, my life will burst its bounds in exceeding pain, and my empty heart will sob out in music as like a hollow reed, and the stone will melt in tears.
I surely know the hundred petals of a lotus will not remain closed for ever and the secret recess of its honey will be bared. From the blue sky an eye will gaze upon me and silently will call me out in the open. Nothing will be left for me nothing whatever, and utter death shall I receive at thy feet.

5

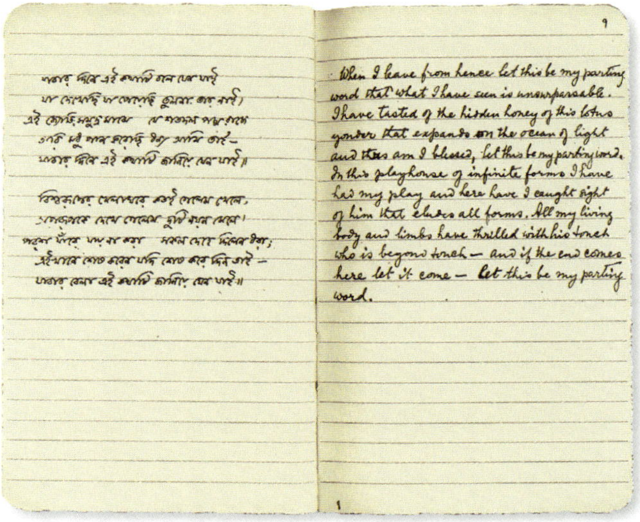

9

When I leave from hence let this be my parting word that what I have seen is unsurpassable. I have tasted of the hidden honey of this lotus yonder that expands on the ocean of light and thus am I blessed, let this be my parting word. In this playhouse of infinite forms I have had my play and here have I caught sight of him that eludes all forms. All my living body and limbs have thrilled with his touch who is beyond touch — and if the end comes here let it come — let this be my parting word.

诗人的英文与孟加拉语《献歌》对照手稿本

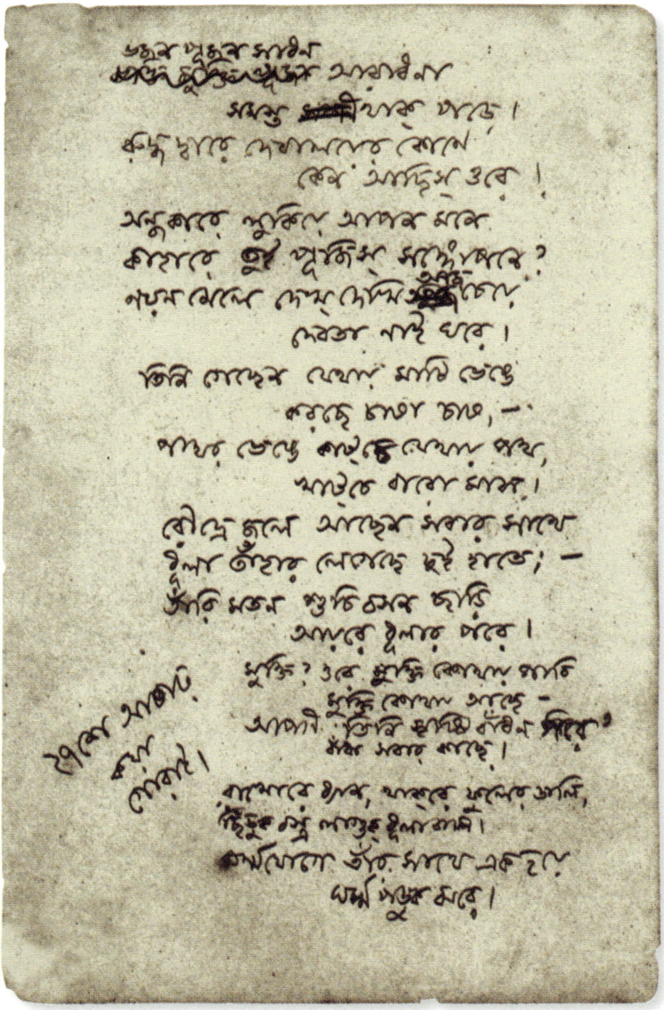

诗人的孟加拉语《献歌》手稿 第 11 号

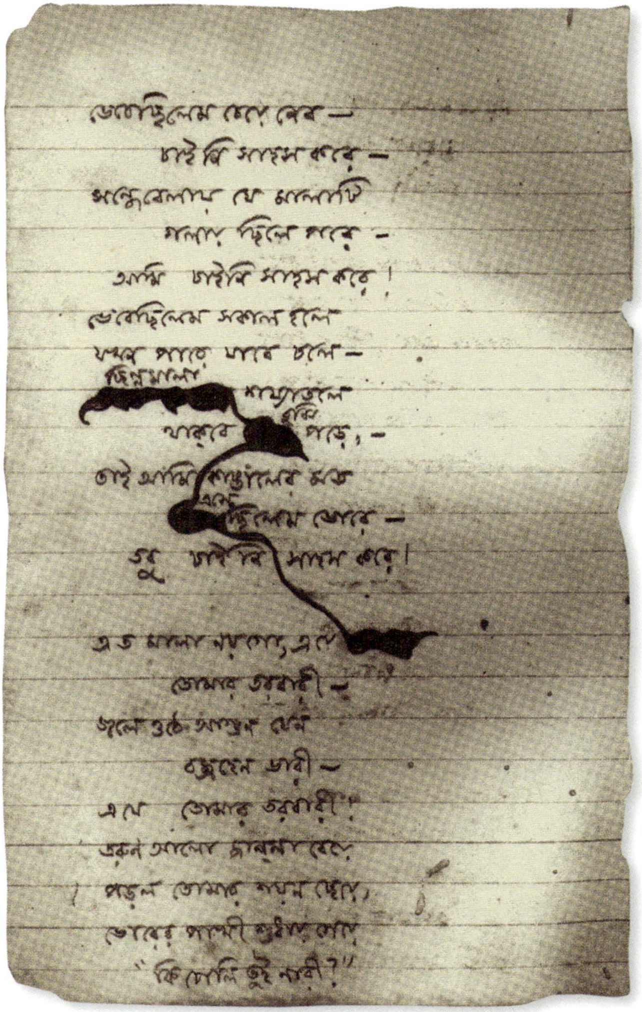

ভেবেছিলেম চেয়ে নেব —
চাই নি সাহস করে —
সন্ধেবেলায় যে মালাটি
গলায় ছিলে পরে —
আমি চাই নি সাহস করে।
ভেবেছিলেম সকাল হলে
যখন পারে যাবে চলে —
ছিন্ন মালা শয্যাতলে
থাকবে বুঝি পড়ে, —
তাই আমি কাঙালের মত
এসেছিলেম ভোরে —
তবু চাই নি সাহস করে।

এ ত মালা নয় গো, এ যে
তোমার তরবারী —
জ্বলে ওঠে আগুন যেন
বজ্রহেন ভারী —
এ যে তোমার তরবারী।
তরুণ আলো জানলা বেয়ে
পড়ল তোমার শয়ন ছেয়ে,
ভোরের পাখী শুধায় গেয়ে
“কি পেলি তুই নারী?”

诗人的孟加拉语《献歌》手稿 第 52 号

WINNER OF THE NOBEL PRIZE.

INDIAN POET'S ENGLISH LYRICS.

The award of the Nobel Prize for Literature to Mr. Rabindra Nath Tagore, a well-known poet and prose writer in Bengal, who has become popular in this country through his translations of his own poems, is a notable event in the domain of letters. Among previous writers who have been awarded this distinction have been M. Sully-Prudhomme, Mommsen, Bjornson, Mistral, Carducci, Kipling, Maeterlinck, and Hauptmann. Mr. Tagore is 52.

It is a good many years ago since John Bright told the students of Glasgow University that there were more people, natives of India who could and did read Shakespeare and Milton than there were in this country. The distinction of the Nobel Prize for Literature for 1913, which has just been awarded to the Indian poet, Rabindra Nath Tagore, is a wonderful reminder of the progress of our English tongue, and perhaps in its way also something of a refutation of Mr. Kipling's familiar dictum that "East is East and West is West, and never the twain shall meet," for the gift of English poetry has made Mr. Tagore free of the commonwealth in which Newman's motto, "Cor ad cor loquitor" is the sole password.

A Poet's Praise.

Rabindra Nath Tagore, who has been described as the prophet of the Indian nation, is the son of Maharshi ("The Great Sage") Debendra Nath Tagore, of Calcutta, who was a great friend of Queen Victoria. As befits a Oriental poet of such eminence Mr. Tagore dresses when amongst us in his native garb, and with his distinctive Aryan features stands apart from the throng. Like a good many of his countrymen he has studied for the Bar though his real bent was towards poetry and so he abandoned the law that he might "strictly meditate the thankless Muse." As a poet, who has enshrined in musical lines the soul of patriotism, Mr. Tagore has naturally appealed strongly to that pioneer of the Celtic revival, Mr. W. B. Yeats, who a little over a year ago presided at a dinner in Mr. Tagore's honour at the Trocadero Restaurant. "I have been carrying about with me," said Mr. Yeats, "a book of translations into English prose of 100 of Mr. Tagore's lyrics, written within the last ten years. I know of no man in my time who has done anything in the English language to equal these lyrics."

RABINDRA NATH TAGORE.

One thinks of Tennyson's tribute to Edward Fitzgerald, who had turned an Eastern poet's Hedonistic philosophy into haunting English quatrains:—

> Your golden Eastern lay
> Than which I know no version done
> In English more divinely well.

Songs of the People.

But the mellow metre of Omar is not the music of Mr. Tagore's poems. Written first in his native tongue of Bengal, they have been turned by their author into a measure that rather recalls Walt Whitman at his best, though his passionate lyrics are a far cry from Whitman. It is, of course, an old style to Europe—to make nobler comparison it has in it a touch of the melody which belonged to the crowned minstrel who left us the Psalms. Musician as well as poet—the comparison with the Psalmist again—Mr. Tagore set his heart-moving words to airs that caught the imagination of his people, who sang them as our Northern forefathers sang the old ballads centuries ago.

Love and Sorrow.

Mr. Yeats, in his "Introduction" to "Gitanjali" (Song Offerings), which along with another small volume, "The Gardener" and "The Crescent Moon: Child Poems," Messrs. Macmillan have published for Mr. Tagore, tells us how, speaking to a distinguished Bengali doctor of medicine, he remarked on the parallel case of an Englishman living in London in the reign of Richard II. who, being shown translations from Petrarch or Dante, would have had to question a Florentine banker or Lombard merchant if he wished an answer to his questions, and he added, "For all I know, abundant and so simple is this poetry, the new Renaissance has been born in your country and I shall never know of it except by hearsay." And the Bengali doctor answered, "We have other poets, but none that are his equal; we call this the epoch of Rabindra Nath.

"No poet seems to me as famous in Europe as he is among us. He is as great in music as in poetry, and his songs are sung from the West of India into Burmah wherever Bengali is spoken. He was already famous at fifteen when he wrote his first novel; and plays, written when he was but a little older, are still played in Calcutta. . . . From his twenty-fifth year or so to his thirty-fifth perhaps, when he had a great sorrow, he wrote the most beautiful love poetry in our language. . . . After that his art grew deeper, it became religious and philosophical; all the aspirations of mankind are in his hymns. He is the first among our saints who has not refused to live, but has spoken out of Life itself, and that is why we give him our love."

Wistful Philosophy.

In Mr. Tagore's own words, it has been his desire that his Bengali poems, done by himself into an English that has something of the magic and limpid clearness of the Authorised Version, should be hummed by "travellers on the highway and men rowing upon rivers." Far, indeed, from the rollicking idea of India one gets from, say, "Mandalay," is the wistful philosophy that finds expression in such lines as these in "The Gardener":

> Infinite wealth is not yours, my patient and dusky mother dust;
>
> The gift of gladness that you have for us is never perfect.
>
> From your breast you have fed us with life, but not with immortality, that is why your eyes are ever wakeful.
>
> Because I love this life I know I will love death as well. The child cries out when from the right breast the mother takes it away to find its consolation in the left one the very next moment."

C.

诗人获奖在英国伦敦的《新闻晚报》刊出消息
“印度诗人的英文抒情诗荣获诺贝尔奖”，1913 年 11 月 14 日

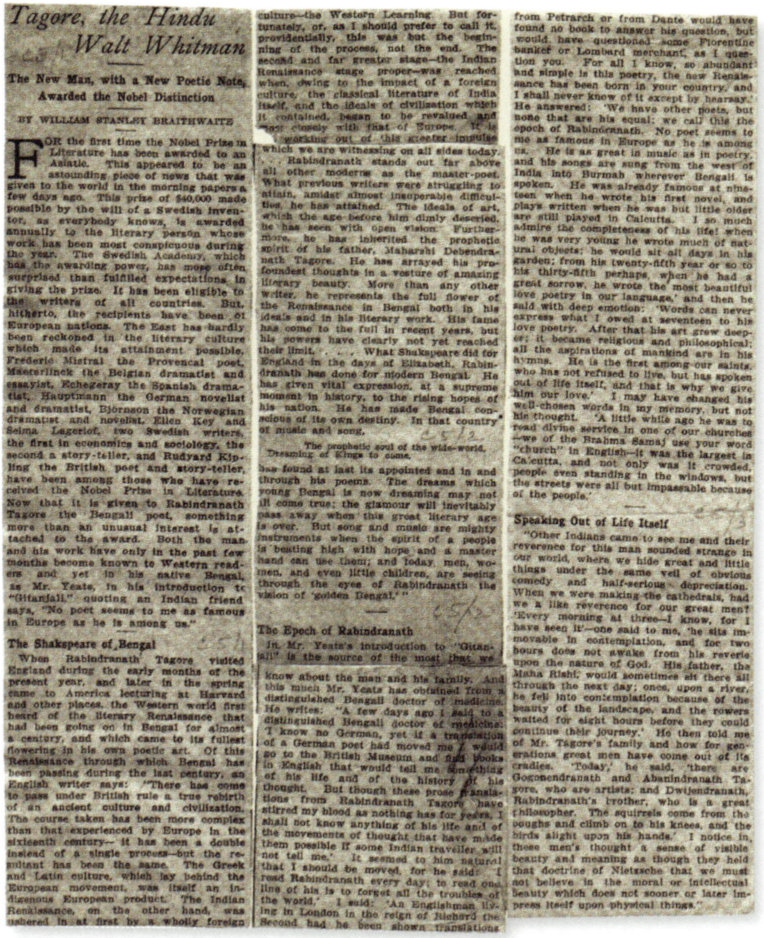

Tagore, the Hindu Walt Whitman

The New Man, with a New Poetic Note, Awarded the Nobel Distinction

BY WILLIAM STANLEY BRAITHWAITE

FOR the first time the Nobel Prize in Literature has been awarded to an Asiatic. This appeared to be an astounding piece of news that was given to the world in the morning papers a few days ago. This prize of $40,000 made possible by the will of a Swedish inventor, as everybody knows, is awarded annually to the literary person whose work has been most conspicuous during the year. The Swedish Academy, which has the awarding power, has more often surprised than fulfilled expectations in giving the prize. It has been eligible to the writers of all countries. But, hitherto, the recipients have been of European nations. The East has hardly been reckoned in the literary culture which made its attainment possible. Frederic Mistral the Provencal poet, Maeterlinck the Belgian dramatist and essayist, Echegeray the Spanish dramatist, Hauptmann the German novelist and dramatist, Bjornson the Norwegian dramatist and novelist, Ellen Key and Selma Lagerlof, two Swedish writers, the first in economics and sociology, the second a story-teller, and Rudyard Kipling the British poet and story-teller, have been among those who have received the Nobel Prize in Literature. Now that it is given to Rabindranath Tagore the Bengali poet, something more than an unusual interest is attached to the award. Both the man and his work have only in the past few months become known to Western readers and yet in his native Bengal, as Mr. Yeats, in his introduction to "Gitanjali," quoting an Indian friend says, "No poet seems to me as famous in Europe as he is among us."

The Shakspeare of Bengal

When Rabindranath Tagore visited England during the early months of the present year, and later in the spring came to America lecturing at Harvard and other places, the Western world first heard of the literary Renaissance that had been going on in Bengal for almost a century, and which came to its fullest flowering in his own poetic art. Of this Renaissance through which Bengal has been passing during the last century, an English writer says: "There has come to pass under British rule a true rebirth of an ancient culture and civilization. The course taken has been more complex than that experienced by Europe in the sixteenth century— it has been a double instead of a single process—but the resultant has been the same. The Greek and Latin culture, which lay behind the European movement, was itself an indigenous European product. The Indian Renaissance, on the other hand, was ushered in at first by a wholly foreign culture—the Western Learning. But fortunately, or, as I should prefer to call it, providentially, this was but the beginning of the process, not the end. The second and far greater stage—the Indian Renaissance stage proper—was reached when, owing to the impact of a foreign culture, the classical literature of India itself, and the ideals of civilization which it contained, began to be revalued and most closely with that of Europe. It is working out of this greater impulse which we are witnessing on all sides today. . . . Rabindranath stands out far above all other moderns as the master-poet. What previous writers were struggling to attain, amidst almost insuperable difficulties, he has attained. The ideals of art, which the age before him dimly descried, he has seen with open vision. Furthermore, he has inherited the prophetic spirit of his father, Maharshi Debendranath Tagore. He has arrayed his profoundest thoughts in a vesture of amazing literary beauty. More than any other writer, he represents the full flower of the Renaissance in Bengal both in his ideals and in his literary work. His fame has come to the full in recent years, but his powers have clearly not yet reached their limit. . . . What Shakspeare did for England in the days of Elizabeth, Rabindranath has done for modern Bengal. He has given vital expression, at a supreme moment in history, to the rising hopes of his nation. He has made Bengal conscious of its own destiny. In that country of music and song,

The prophetic soul of the wide-world,
Dreaming of things to come,

has found at last its appointed end in and through his poems. The dreams which young Bengal is now dreaming may not all come true; the glamour will inevitably pass away when this great literary age is over. But song and music are mighty instruments when the spirit of a people is beating high with hope and a master hand can use them; and today men, women, and even little children, are seeing through the eyes of Rabindranath the vision of 'golden Bengal.'"

The Epoch of Rabindranath

In Mr. Yeats's introduction to "Gitanjali" is the source of the most that we know about the man and his family. And this much Mr. Yeats has obtained from a distinguished Bengali doctor of medicine. He writes: "A few days ago I said to a distinguished Bengali doctor of medicine: 'I know no German, yet if a translation of a German poet had moved me I would go to the British Museum and find books in English that would tell me something of his life and of the history of his thought. But though these prose translations from Rabindranath Tagore have stirred my blood as nothing has for years, I shall not know anything of his life and of the movements of thought that have made them possible if some Indian traveller will not tell me.' It seemed to him natural that I should be moved, for he said: 'I read Rabindranath every day; to read one line of his is to forget all the troubles of the world.' I said: 'An Englishman living in London in the reign of Richard the Second had he been shown translations from Petrarch or from Dante would have found no book to answer his question, but would have questioned some Florentine banker or Lombard merchant, as I question you. For all I know, so abundant and simple is this poetry, the new Renaissance has been born in your country, and I shall never know of it except by hearsay.' He answered: 'We have other poets, but none that are his equal; we call this the epoch of Rabindranath. No poet seems to me as famous in Europe as he is among us. He is as great in music as in poetry, and his songs are sung from the west of India into Burmah wherever Bengali is spoken. He was already famous at nineteen when he wrote his first novel, and plays written when he was but little older are still played in Calcutta. I so much admire the completeness of his life! when he was very young he wrote much of natural objects; he would sit all days in his garden; from his twenty-fifth year or so to his thirty-fifth perhaps, when he had a great sorrow, he wrote the most beautiful love poetry in our language,' and then he said with deep emotion: 'Words can never express what I owed at seventeen to his love poetry. After that his art grew deeper; it became religious and philosophical; all the aspirations of mankind are in his hymns. He is the first among our saints, who has not refused to live, but has spoken out of life itself, and that is why we give him our love.' I may have changed his well-chosen words in my memory, but not his thought. 'A little while ago he was to read divine service in one of our churches—we of the Brahma Samaj use your word "church" in English—it was the largest in Calcutta, and not only was it crowded, people even standing in the windows, but the streets were all but impassable because of the people.'

Speaking Out of Life Itself

"Other Indians came to see me and their reverence for this man sounded strange in our world, where we hide great and little things under the same veil of obvious comedy and half-serious depreciation. When we were making the cathedrals, had we a like reverence for our great men? 'Every morning at three—I know, for I have seen it'—one said to me, 'he sits immovable in contemplation, and for two hours does not awake from his reverie upon the nature of God. His father, the Maha Rishi, would sometimes sit there all through the next day; once, upon a river, he fell into contemplation because of the beauty of the landscape, and the rowers waited for eight hours before they could continue their journey.' He then told me of Mr. Tagore's family and how for generations great men have come out of its cradles. 'Today,' he said, 'there are Gogonendranath and Abanindranath Tagore, who are artists; and Dwijendranath, Rabindranath's brother, who is a great philosopher. The squirrels come from the boughs and climb on to his knees, and the birds alight upon his hands.' I notice in these men's thought a sense of visible beauty and meaning as though they held that doctrine of Nietzsche that we must not believe in the moral or intellectual beauty which does not sooner or later impress itself upon physical things."

诗人获奖在美国麻省的《波士顿晚报》刊出消息
“泰戈尔：印度的沃尔特 · 惠特曼”，1913 年 11 月 19 日

诗人暮年在寂乡的独照，1939 年

附 录

附录一

1913 年诺贝尔文学奖的颁奖辞

时　间：1913年12月10日

演讲者：瑞典皇家学院诺贝尔奖委员会主席

哈拉德 · 雅恩 （Harald Hjärne）

本学院决定，把今年的诺贝尔文学奖（Nobel Prize in Literature）颁发给英属印度（British-India）的诗人罗宾德拉纳特 · 泰戈尔（Rabindranath Tagore）。我们认为，给这样一位作家以这样的一种确认，这是一件令人愉快的工作，因为接受这份荣誉的作家，他在最近几年所写下的“具有理想主义倾向”的精美诗篇，完全符合阿尔弗雷德 · 伯纳德 · 诺贝尔（Alfred Bernhard Nobel）所立遗嘱之要求。而且，本院覃思良久，经过详尽严格的审核环节之后，认为这些诗歌最接近诺贝尔文学奖所规定的标准。故本学院以为，没有理由因为这位诗人在欧洲的知名度不高而犹疑不决，那只是由于他的家乡远离欧洲的缘故。若是考虑到本奖项的设立者在其遗嘱中有这么一段话：“就颁发该奖的对象而言，不需要顾虑任何一位候选人的国籍所属，这是本人明确的意见。”那么，那种犹疑就显得更没有必要了。

泰戈尔的《吉檀迦利》（*Gitanjali*），即《献歌》（1912），是一部宗教性质的颂诗，他的这部作品尤其引起了评委们的关注。始自去年，这部诗集里面的作品，已经实实在在地归属到欧洲世界中的英语文学里面了。虽然，就作者本人的教养与创作实践而论，他确实是一位印度语的诗人，但他为自己的这些诗歌披上了一件新装，而这一新装在其形式与个人灵感的独创性方面，堪称完美。故使得英国、美国，以至整个西方的文明世界里面，那些对高雅的文学尚且抱有兴趣，并予以重视的人士能够接受与理解他的这些诗作。现在，各方面的赞誉纷涌而至，它们却无关乎孟加拉诗歌的知识，无关乎宗教的信仰与文学的派别，与任何政党的目的亦是无涉，只是将他作为诗歌艺术里面一位崭新的、令人崇敬的宗师级的人物来赞赏。而这种诗歌艺术，自伊丽莎白女王时代开始，就一直伴随着英国文明的海外传播而流行开来，远未退潮。

他的这些诗歌甫一问世，便立即受到了人们热情的倾慕。这些诗歌的特点如次：第一，是其形式的完美，诗人所借用的形式，已经与诗人本身的思想完美统一，彼此熔铸于诗中，并成就为一个和谐的整体；第二，是其文体的均衡，即文本的风格与韵律的平衡感极佳，若是引用一位英国评论家的意见来表达，那就是“把诗的阴柔情调与散文的阳刚力量融成了一体”；第三，是其措辞的严谨，或者说典雅，在遣词造句与借用另一种语言来作为表达工具时，它体现出了极高的审美境界。简言之，这些特征在原作中虽是固有的，然而现在却似以另外一种语言重新进行表达时，却依然能够神足气圆、形神兼备则实属不易。

上述评价，同样适用于诗人的第二部诗集《园丁集——关于爱与生命的抒情诗钞》（*Gardener, Lyrics of Love and Life*，1913）。只是在这部作品中——正如作者本人所言，与其说他是在转译自己早期的作品与灵感，倒不如说是在重写一遍。从中我们看到了他人格的另一个侧面：彼种青春的情爱，使欢悦和痛苦这两种经验交织其中，复又沉溺于人世的浮沉、生命的荣枯，终被随之而来的那种焦灼与喜悦之情深深俘虏。但无论如何，我们始终可以望得见，诗篇当中有一个更高的世界，在其中隐约发光。

泰戈尔散文故事集的英语译本亦已问世，其书名叫作《孟加拉生活的一瞥》（*Glimpses of Bengal Life*，1913），虽然这些故事就其形式来看，因其出自另外一类的手笔，已不能说承载作者本人的多少特殊风格，但其内容足以证明诗人的多才多艺，他的观察之深广，他的内心对各式人物的命运与遭际的广大同情，以及在营造情节方面的卓越天才。

此后，泰戈尔又出版了两部作品：一部是诗集，描写了诗情盎然的孩童与其家庭的生活，并以象征的含义取名为《新月集》（*The Crescent Moon*，1913）；而另一部则是演讲汇编，收集了他在英美各个大学的一些演讲词，并取名为《人生的亲证》（*Sadhana: The Realisation of Life*，1913）。这些讲演体现了他对人生道路的一些洞见，其内容是：人们循着何种亲证的路径俾可获得一种信仰，并在此种信仰之光的指引下，一个人的人生才不至于空虚度过。正是诗人对信仰与思想的真正关系之探索，才使得他脱颖而出，成为诗人当中天赋出众的一位，其卓越处是思想极为深邃。但更重要的是他温柔的情感，并因善于用譬，造成了富有强烈感染力的语风。确实，在虚构的文学领域，很少有人在音调与色彩上能够如此变化多端，并出之以同等的优雅与和谐，来表达种种不同的心境：从灵魂对永生的盼望伊始，一直到天真无邪的孩童于游戏时所激起的那种欢悦等，无不如是。

至于我们说到对泰戈尔诗歌的理解问题，此毋庸顾虑，因为在它里面，不是陌生的天方夜谭，而是真正普遍的人性，对此，后来者或许会比我们领会得更多。但是不管怎么说，有一点我们却是深知的，那就是，我们的这位诗人其创作动机之一，是在努力调和人类文明的两极，这种文明的隔阂正是当今世界的显著特征，因此，它也构成了我们需要直面的重要任务与亟待解决的问题。

就这一现象而论，我们在世界文明于全球范围内之不懈努力中，就可以将它内在的确切性看得甚为明白。在未来时代，历史的探索者们将会比我们更加清楚地知道如何评价它的重要性和影响力，看清那些眼下尚处于模糊与隐蔽的事物，承认那些我们现在未能承认或不敢承认的东西。毫无疑问，在很多方面，他们会比我们目前对它所做的评价更高。故此，我们应该感激这一运动，由于这个运动，新鲜活水的源头，其汩汩清泉正在破土而出，而诗歌，尤能从中汲取灵感，尽管这些泉水可能会与异邦溪流汇合并相杂，但是，人们若想追溯这些溪流的正确源头，也许还得归功于这样一个深不可测的梦幻世界。尤为特殊的是，异域文明的传播在很多的地方，却成就了本土语言的复苏与重生的第一个明确的推动力，其结果反而使得本土语言，从人为的传统束缚中解救出来，从而有能力孕育和维持活生生的、诗的自然之命脉。

异域文明的进入，对于印度活力的复苏，起到了相当大的作用。随着印度传统文化的复兴，许多方言也开始运用于文学之中，并逐渐巩固下来，占有了一席之地。然而，当这种新的传统逐渐确立之后，因为使用的频繁，又会再度导致本土语言的僵化。但是，异质文明的影响力，其实远远超过了人们已经记录在案的传播工作。十九世纪，在充满活力的方言与印度自古以来的神圣语言之间于争夺新文学潮流之控制权的斗争当中，前者若是没有得着异域文化的帮助，那么其过程与结果显然会大大不同。

而孟加拉则是英属印度最早的一个省份，很多年前，文明的先驱凯里（Carey）就曾在此地工作过，他在促进文明与文化交流的同时，也改善了当地的方言。1861年，罗宾德拉纳特·泰戈尔就诞生在这里。

泰戈尔是一个受人尊敬的家族的后裔，这个家族已在许多领域证明了它所秉有的杰出智力。可见，在幼年与青年时期，泰戈尔并不是生长在一个未开化的环境当中，且这个环境没有刻意干涉他个人世界观与生命观的形成。相反，在他们的家中，不仅洋溢着高雅的艺术热情，而且对古圣先贤的智慧与探究精神深为敬重，他们遗留下来的经文也常常在家族的礼拜当中使用。在泰戈尔的时代，周围还孕育着一种崭新的文学精神，使文学面向普罗大众，靠近人们生活的基本所需。尤其经过波澜壮阔复又极度混乱的民族起义之后，政府实施了果断的改革，这种新的精神更是获得了力量。

罗宾德拉纳特的父亲是一位宗教社团最热心的领袖之一，而罗宾德拉纳特本人至今仍是这个社团的一个成员。这个社团名叫“梵社”（Brahmo Samaj），它与印度自古以来的宗教流派不同，其宗旨并不是在倡导某个特殊的神灵，以作为超乎众神之上的至高者，并对此顶礼膜拜。它奠基于十九世纪的初期，创始人是一位开明而且颇具影响力的人物。自其创立之初，他和他的继承者们就对真理的解释问题，饶有争议，故最终也使梵社分化为一些独立的支派。另一方面，由于这个团体主要吸收受过高层次教育的知识界人士，因此自创立之初，大量追随这一信仰的普通民众便被拒之门外。但尽管如此，这个社团的间接影响还是相当巨大的，甚至在公共教育与大众文学方面都起到了非常大的作用。近些年来，为了帮助这个团体成员迅速成长，罗宾德拉纳特·泰戈尔做了大量令人瞩目的工作。对于这些成员来说，他是一位可敬的导师与先知。这种导师与门徒之间的亲密互动，也使泰戈尔在自己的宗教生活与文学训练方面，得到了一种深沉、虔敬和纯粹的表现。

为了实现自己的人生使命，泰戈尔曾展开刻苦的学习，吸收各种知识，打造全面的教养，无论是印度的，还是欧洲的。而且，他还到海外游历，身赴伦敦深造，其学识得到扩充，思想益发成熟。在青年时代，他就遍游印度，甚至还曾陪伴父亲，抵达遥远的喜马拉雅山的山区。当他开始用孟加拉语创作的时候，还相当年少，他写散文、诗歌，也进行戏剧的创作。除了描写自己国家的大众生活外，他还在不同的著作中对文学批评、宗教哲学与种种社会的问题进行过探索。

许多年前，他曾有一个时期中断自己忙碌的世俗活动，坐船漂浮在神圣的恒河支流的水面上，因为依照其民族的悠久传统，他觉得自己也有必要过一段纯粹隐居的岁月，进行深度的冥想。当他重返世俗的生活之后，声誉日益鹊起，在本国人民的心目中，他已成了一位充满智慧而又虔诚纯洁的圣者。他在西孟加拉地区建立了一所露天学校，他们在杧果树下授课，许多青年学子拜入他的门下，以其为精神导师，并将他的教诲传遍全国。最近，他又在英国与美国的文学界做了一年多的尊贵客人，复于今年（1913）夏季参加了在巴黎举行的“宗教历史大会”（Religious History Congress）。此后，他又回去过他的退隐生活了。

不论在哪里，泰戈尔总是善于打开人们的心灵，让他们接受他高深的教诲。在那些受教育者的眼里，他就是智慧的传播者，他善用通俗易懂的语言将这种信息传递出去，这种智慧原本只是长期存在于人们想象当中的东方宝库里面。而泰戈尔自己却谦逊地认为，自己只是一个中介，有幸生来即可自由地出入该宝库。在人们面前，他从来不以什么天才或新思想的发明者自居。

在西方世界，存在着一种对工作的狂热崇拜，这是高墙壁立、相互隔绝的城市生活的产物，于是，随之也就滋长了一种不安、滋长了竞争的氛围；西方人好言对自然的征服云云，因为他们热衷于从自然中赢取利益，诚如泰戈尔所说：“仿佛我们生活在一个充满敌意的世界里面，我们所要的每一样东西，都必须从一种不愿意给我们的、完全异己的事物的安排中争夺过来一样。”（《人生的亲证》第一章）与西方人所过的这种匆忙的、疲于奔命的生活相反，泰戈尔向我们展示的却是另外一种完全不同的文化，这种文化在印度浩大的、平静的、神圣的森林当中，达到了完美的境界。这种文化寻求的乃是灵魂的恬静和安宁，它与大自然自身的生命是和谐的。在泰戈尔向我们展示的这幅诗意而非历史的画卷当中，他确信这必是自然允诺给我们所有人的一种恬静，人人皆是有望企及，凭着他先知的禀赋与权能，泰戈尔轻而易举地为我们描绘出了他创造性的心灵所憬悟到的隐约景象，而这种景象好像存在于创世之初的某个远古岁月。

然而，他却与我们当中的任何人一样，远远躲开那些常在市场上被人们当作东方哲学兜售的东西，远远躲开灵魂轮回的痛苦梦境，远远躲开非人格化的“羯磨法则”，还有那些实际上极为抽象的泛神论信仰——这种信仰通常会被人们误认为是印度高等文明的典型特征。而泰戈尔对这些信仰却一律敬谢不敏，他不认为它们可以自往昔圣者那些精粹的话语当中找到确切的根据。泰戈尔曾仔细研读过吠陀圣颂、奥义书圣典，以及佛陀本人的教义，他从中领会到一条在他看来是无可辩驳的真理。当他于自然中寻找神性时，他便发现了那万能的活生生的人格，他是自然之主，遍及一切，拥抱万有，然而，其不可思议的精神力量却显现在一切短促无常的生命之中，既显现于伟大之事物，亦显现于渺小之生命，但在人类永恒的灵魂当中，它体现得尤其完全。他将赞美、祈祷、热忱的充满奉爱精神的颂歌，都晋献给了这位无法命名的神圣者的莲花足下。他的这种神圣崇拜可以视作一种美学意义上的有神论，与那些苦行禁欲，甚至与道德哲学的正襟危坐皆是大异其趣。而这里所描述的那种虔敬，跟他的整个诗作是充分和谐的，这种虔敬，使他的心灵获得一种宁静。他甚至宣称，即使在基督教的信仰内，那些疲惫不堪、忧心忡忡的灵魂也会得到这种宁静。

如果我们愿意，不妨也把这种信仰的方式称之为“神秘主义”，但它不是那种把个人的世俗人格舍弃，以求融入一个近乎虚无的整体的那种神秘主义。

我们这里所说的泰戈尔式神秘主义，乃是一种将个体灵魂所拥有的一切才能修炼到极致、使之热情洋溢地去迎接活生生的万物之主。在泰戈尔之前的印度，人们对这种更为积极奋发的神秘主义也并非全然陌生。当然，在古代以禁欲与思辨著称的哲学家那里，这种神秘主义的确罕见，却广泛地存在于“巴克蒂”（bhakti，一种以爱为核心的虔敬）的崇拜形式里面。

尽管泰戈尔可能是从他本国的无数古圣先贤那部巨大的交响乐中有所借鉴，撷取其中的音符，但是，他又是踏在他自己这个时代最坚实的地面上的，沿着时而平静、时而喧嚣的道路，使大地上的人类靠得更近。他致力于东西方文明的联结，建构起共同的责任，让彼此互相传递问候，使美好的祈愿越过陆地与海洋。就这样，泰戈尔用自己的诗歌为我们描绘了这样一幅激动人心的画卷，它向我们展示了一切暂时的东西，究竟是如何被融入了那种永恒的：

主啊，你手掌中的光阴是没有穷尽的，你的分分秒秒，凡人又如何能够测度。昼夜交替，寒来暑往，时代的来往如同花开花落。唯有你最是知道等待的深义。为一朵小小的野花，你愿意支付无数的世纪，一个接着一个，接连不断，直至这野花趋于圆满。

而我们，却没有足够的光阴可以随便错过。因为我们没有时间，所以我们必须操劳奔忙；因为我们一贫如洗，所以我们不能坐失良机。

于是，当我把时间供给了每一位向我索取它的性急的朋友时，我自己的时间也就消亡了。所以，直至最后的时刻，我都没有为你的祭坛，供奉一点像样的祭品。日子将尽，我匆匆赶来，心中担忧着你已经关闭了大门；但临末之际，我却发现，时间仍有余裕。

——【第82号献歌】

附录二

泰戈尔 1921 年给诺贝尔文学奖的答谢辞

我很高兴，我终于能够如愿以偿，来到了你们的国家，可以利用这样一个机会，向你们表达我对你们一直心存的感激之情，感谢你们授予的荣誉，通过这个诺贝尔奖，我长年的工作得到了肯定。

我记得是那天的午后。当时，我收到了英格兰出版商发来的一封电报，说这个诺贝尔奖是授给我的云云。彼时，我正居住在加尔各答郊外的寂乡（Shantiniketan）的学校里面。这个学校想必诸位今日也是知道的。

那时候，我们正在赶往附近的一座森林里面，要去参加一场派对。当我路过邮局的邮政办公室时，一个人疾步跑来，到了我们面前，手中拿着那封自远方来的电报。在我的同一辆马车上，还有一位来访的英国客人，他刚好与我坐在一起。开始我不认为这个电报的信息有何等重要的意义，故我当时只是习惯性地把它塞入了我的口袋，心想到达目的地时，我自然会读它。但我的这位访客却认定内容甚是紧要，催促我打开，说是一个重要的电报。于是，我便打开了它……就这样，我阅读到了这个连我自己也几乎不敢相信的消息！

最初一读，我以为是此电报的语言可能存在问题，致使我生出了一种僭妄的误解，但最后，我确信这是一件真事！而且，你们也颇是容易理解，这个消息，对于我的学校和我的老师们，对于我们的那些孩子，这又该是何等重大的惊喜啊！它比其他任何的事情都更深刻地触动了当时的我，我曾为这些爱我，同时又被我深爱着的孩子们感到骄傲，他们对这份意外的奖金亦是满揣敬意。我意识到我的同胞们也将会与我一同分享此份被授予的荣耀。

那天下午的其余时光，人们可以想象，我们都在这种激动的心情中度过，直至夜晚临到。当我一个人时，我独自坐在了露台上，不禁扪心自问，究竟是什么样的缘故，使我的诗歌被西方的世界所接受，并得到了这份殊荣？尽管我们分属不同的种群，自小又被海洋和巨大的山脉分隔开来。我可以向你们保证，彼时我并不是基于起初的那份兴奋，而是对我自己真实内心的一份质疑，我在那一刻，的确是充满了谦卑。

我还记得，自我甚为年轻的时日起，我的工作是怎样地发展与起步的。二十五岁左右，我曾经在孟加拉的乡间，坐落于恒河河畔的一座船屋里，过一种离群索居的隐遁生活。我唯一的同伴，想必就是那来自喜马拉雅山的圣湖里，于秋风中飞翔的野天鹅了。在这样的孤独中，复又是如此开阔的天地，明媚的阳光如同美酒，我似乎是饮醉了，流动的河水常做低低的耳语，与我诉说着种种秘密的情话，告诉我自然的真相。而且，我在这份梦境一般的孤独中，时光飞逝。后来，我把这种经验诉诸形象，通过杂志和报纸，将我于大自然中渐次学得的思想，传递给了加尔各答的公众们。

你们完全可以明白，这是一种与西方的文明世界截然有别的生活样态。我虽然不很确知，你们西方的诗人或作家是否也是通过这类绝对的隐居方式，度过自己青年时代最为重要的时光。但我几乎可以肯定它是稀罕的，因为隐居与独处本身，在西方的文明世界中并没有什么地位。

而我的生活就是这样过来的。那些日子，我对于大多数的同胞来说，都是以一个模糊的人存在着。我的意思是说，我的名字在我自己所属的孟加拉地区以外，几乎无人知晓。但是，我十分满意于这种状态，它使我避开了人群的好奇与时代的喧嚣。

然后，我又来到了另外一个阶段，我的心开始感到一种焦渴，我想从孤独中走出来，为我的同胞们做一些有益的事情。而不仅仅是为我自己的梦塑造种种形状，冥思自家生命的谜境，不是的，我想通过一些更为明确的工作，一些固定的事业对我同胞们的服务，来表达我的人生理想。

其中，来至我脑海里面的一桩事情，一份工作，就是对孩子们进行教育。这倒不是因为我特别胜任于这样一份教育事业，原因也许恰恰起于我自己没有享受到常规教育的好处。有一段时日，我曾犹豫着要不要当真从事这样一份工作。但我觉得，因为我对自然怀有深爱，所以，我也自然会喜欢上那些孩子。我启动这所学校的初愿，正是想给予人类的孩子以充分的快乐、充分的生活，以及充分的与大自然交融的自由。在我自己年幼的时候，我曾遇到了大部分男孩在上学时遇到过的障碍，而且，我不得不接受那种机械刻板的教育，那种教育使得孩子们对快乐、对生命的自由不可扼制的渴望受到了深度的压抑。而我的教育之初心与启念，其目的正是为了还给人类的孩子以自由和快乐。

于是，我的身周便有了这么一群孩子，我教育他们，我试图让他们开心。我既是他们的玩伴，也是他们的朋友，我分享和参与着他们的生活，我甚至觉得自己是这个群体当中最老的小孩，我们彼此都在这种自由的气氛中，一起长大、一起成熟。

孩子们的快乐与活力，孩子们的闲聊与歌唱，全都充满了欢乐的精神，在那里，我每个白日都在啜饮着这份欢乐。而在傍晚，日暮时分，我又经常一个人独坐着，望着林荫道的树木洒下了阴影，在那种静默中，我还可以清晰听到孩子们于空气中一直流荡不已的回声。在我看来，这些喊声、歌声与欢笑的声音，就像那些高大的树木，它们是自地心中生长出来的，如同生命的喷泉一般，直指天空那无限的怀抱。它是一种象征，它鼓舞了我的思想与意志，人类生活中的一切呼唤——从人类的心灵，到这个无垠的苍穹，把人的所有欢乐和愿望都一起表达了出来。我可以看到，我也知道我们所谓的大人，也只不过是“成了年的孩童”（grown-up children）罢了，我们一样在向无限伸出手掌，发出自己的呼求与饥渴。在自己心灵的深处，我一再地感受到了这一点。

在这种气氛与环境中，我完成了我的诗集《献歌》（*Gitanjali*），我在印度的天空布满辉煌星子的中夜，常把这些歌唱给自己听。在晨光中，在午后的闲暇里，在日落时的暮色中，我曾一一地把它们写下，直至新一日的到来，我感到了彼种创造的冲动，我遇见了广大无边的世界的心灵。

我可以明白的，当我从自己的隐居生活中走出，进入这些快乐的孩子们中间，为我的同胞们做事服务之时，只不过是我向着一个更大的世界朝觐的前奏而已。我感到了深心的此种大愿，从此间走出，最终进入西方的人性，与其正面相遇。因为，我意识到当前的这个时代正属于浮士德式的文明。整个世界被开发出来的崭新力量，正越过其所有的界限，阔步前行，信息传递给了更伟大的将来。我觉得自己必须在有生之日，来到这里，与圣坛上的那一位相会。此神圣的存在界自有他的居所。而且我以为，拥有一切权力和生命意志的神圣者，目前正居住在此地。

于是，我从自己的世界里面走了出来。彼时，我已经用孟加拉语写毕《献歌》，并将它们翻译成了英文。其实当时并无任何出版之意图，毕竟完全掌握这种语言是困难的。但是，当我来到西方之时，我是带着自己的那份英译手稿来的。而且你们已经知道的，英国那些慷慨的朋友们，当这些诗被摆放在他们的面前，那些有机会阅读到原稿的人们便表示出了他们的赞赏与肯定。我马上被接受了，西方的心灵没有片刻的怠慢，立即向我开放！

对我来说，这毋宁说是一个奇迹，在我的生活中，有几近五十年左右，是远离各种活动，尤其是远离西方世界的，而我却几乎在一刹那间，被西方作为自己的诗人接受了。这是令人惊诧的，但是，我复又觉出这一现象可能还蕴含着更为深广的意义。那些年，我一个人在远离尘嚣的隐居中度日之际，与西方的生活和西方的精神毫不相干。由于这一点，最后却给他们带来了更深层的安详、宁静与永恒的感觉。这些感觉，正是西方过度活跃的生活所需要的。在他们的心灵至深处，正渴望着宁静，渴望拥有无限的安详。从青年时代开始，我所接受的训练，俾使我的缪斯与绝对孤独的恒河水岸相协并奏。那些年的平安已经存在于我的秉性之内，所以我可以把它们清晰地表达出来，并拿到西方的世界面前，我的此种供奉亦令众人怀着感激之情来接纳。

当然，我也深知一点，自己并非作为个人的身份来接受这份奖赏与荣耀的，而是我里面的东方，将它自己的精神馈赠给了西方之后的回报。是不是作为精神人性的东方母亲与作为西方孩童的关系？是不是在后者的游戏和玩乐中受伤了，或是当他们饥饿了，把他们自己的脸转向了那个宁静的东方母亲？他们希望自己所需的食粮来自她吗？或是当他们经由一日的劳作，终于疲累了，在夜的静谧中休整一下？而且，他们最终会失望吗？

幸运的是，当我走出自己隐遁生涯的这个时刻，也正是西方再次把它的脸转向东方的时候，它正在寻找一种滋养。因为我有幸代表了东方，我便从东方的朋友那里得到了这份奖赏。

我可以向你们保证，你们所颁发给我的奖品，我没有将其中的任何一部分耗费在我自己的生活中。作为个人，我以为我是没有权利接受的，所以我已经把它用在了别处。我将它献给了我们东方的孩童与学生。但是，这就像是一粒种子，放入了大地的心中，它将会再次开放给那些播种者的，他们的利益，便是收获成倍的丰熟果实。后来，我又得此笔奖励的款项之助，建起了一所大学，并维系这所大学的运行。在我看来，这所大学理应是一个欢迎西方的学生到来，会见他们东方兄弟的好地方，在那里，他们可以并肩劳作，一起寻觅在东方已经隐匿了数百年的古老宝藏，并且，终有一日把东方的灵性源头向世界揭示出来，而这正是当前所有的人类所必需的。

或许，我可以提醒你们一点的是，印度在她文明最是辉煌鼎盛的时期，曾经也有过一所伟大的大学。当一盏明灯被点亮，它的光芒是不可能只局限在狭小的空间之内的，它是为了整个世界而点亮起来。印度有她自己的文明，带着其所有的辉煌、所有的智慧与财宝。它不仅仅是为了自己的孩子而起着作用。它必是广开门庭，接待来自四面八方的各个族群。中国人、日本人、波斯人，各族人群都来了，他们有机会在印度获得他们所认定的好东西，印度也供奉出了给予一切时代、给予一切人类享用的最好物品。她展示了她的慷慨。你们也是知道的，在我们的国家传统之中，老师从来不接受从学生那里而来的任何物质性的费用，以作为教育的酬报。因为，在我们印度，拥有知识的人，他应当有责任将知识传授给自己的学生。这不仅仅是为了那些拜入门庭的学生与门人，为答复他们向老师的虚心求教；而且，这更是那些导师自身的天职，他们必须将自己所已拥有的最好礼物，向所有需要的人们提供出来，借此实现与圆满自己的人生使命。因此，正是此种自我表达的方式，把印度千百年来储存起来的东西，提供出最好的部分作为赠礼成为可能，这也正是各种大学的真实起源，它们在印度的不同省份开始发展起来。

我觉得，我们今天所遭受的最大痛苦，并不是其他的灾难，而是人与人之间的彼此隔绝、彼此隐瞒的灾难，我们已经错过了提供人性的善意，请求世界分享我们所拥有的最好东西之良机。在一个多世纪以前，当我们与西方的民族最初接触之际，发现西方的物质成就，远远凌驾于东方的人文与东方的文物，我们遽然对自己的文明失去了信心，进而在教育的设置中，也没有为我们自己的文化腾出一席之地。故而百多年以来，我们的学生对自己过去的文明价值完全无知。因此，我们不仅失去了与隐藏在我们自己文化遗产中的伟大事物接触的机会，也一并失去了我们曾经所拥有的那种“赠予”的崇高荣誉，以证明我们的存在不仅仅是一种向他者的乞灵，不仅仅是文化的假借，如同永恒的学徒那般，徒然地活在世上。

但是，时代已经来临，故我们再不能错失良机了。我们必须倾尽全力，把我们自己所拥有的奉献出来，而不再是从一个世纪到另一个世纪，从一个地域到另一个地域，摆在别人面前的尽是我们的贫穷与无助。我们知道，我们为之骄傲的，乃是我们从自己的祖先那里继承下来的东西，这种赠予的机会不应该再次错失——它不只是为了我们的人民，更是为了整个人类。这就是原因，这也致使我决心创建一个国际性的组织，令西方和东方的学生可以在彼处相会，分享着共同的精神盛宴。

因此，我可以自豪地说，你们所给予我的这种奖励，我已经让它服务于此种崇高的目的，它为之提供了巨大的帮助，这已经让我于脑海里牢牢记住了，最终使我再次来到了你们西方的国度，让我有幸向你们发出邀请，邀请你们一同奔赴宴席，遥远的东方在恭候着你们的到来。我希望我的邀请不会被拒绝。我已经拜访了不同的欧洲国家，我的邀请也得到了热情的回应。这种回应有它自身的意义：西方需要东方，正如东方需要西方一样，所以，这个时刻终于到来了，是应该让它们好好会面的时候了。

所以，我很高兴自己正处身于这样一个伟大的时代与伟大的时刻；而且，我尤为荣幸的是，当东西方汇聚在一起的时候，我自己所完成的一些作品，正好为这个伟大的时代给出了一些表达。它们正在彼此走近，它们正在彼此相会。它们彼此邀请，携手共建崭新的文明和未来的伟大文化。

我相信，通过我个人的写作，这样的一些想法也已经传递到了你们这里，即使经由不免晦涩模糊的一些译文。有些观念，同属于东西方，有些观念，源起东方，而舶至西方，要求在这里驻留，要求它的居所，俾获欢迎，被西方世界所接纳。如果在我的作品中，我若是有足够的幸运，充当了传递此一时代、此种需求的解释者的声音，那么，我当深深地感谢你们，是你们给了我这份无上光荣的礼遇。确实，我从瑞典所得到的这份确认，已经把我和我的作品带到社会的公众面前，虽然这也给我带来了一定程度的麻烦。它已然打破了我个人所习惯的隐居生活，把我带到了我从未熟识的庞大人群面前，而我，至今尚未完全适应这种调整。

当我立在西方世界那些宏大的讲演大厅前面时，我的心不免忐忑。我还真的没有习惯以你们的赞美与敬重的方式所给予我的巨大礼物。当我站在你们的面前，我感到了如此羞惭和紧张——

譬如，现在的我便是如此。但我必须说的是，感谢你们，给了我这样一份伟大的殊荣，让我有幸成了一个联结的工具，团结起东西方的心灵。故此，我当尽我此生，继续履行这一光辉使命。我必须倾我所能，我必须平息东西方的怨恨，我必须努力地行动，努力地做事，而正是基于此种目的，我建立了那所国际大学。

我从不认为印度的精神是拒斥性的，拒斥任何的种族，拒斥任何的文化。印度的精神历来都是宣扬合一的理想。这种合一的理想从不拒绝任何的事物，任何的种族或文化。它理解与综合着一切，这也一直是我们精神劳作的最高目标：能够用一个灵魂来贯通一切，来理解一切是其所是的存在，而不是把任何事物与整个宇宙隔离——以同情和爱的方式理解一切，这才是印度的真精神。现在，于目前的政治环境之下，也曾令同属伟大印度的某些孩子深为不安，他们呼吁抵制西方的文明，看到这种现象，我颇为伤感。我觉得这是一门大功课，他们应当从西方那里好好学习，这是你们已经完成了的使命。而印度的存在，理当团结起所有人类之族群、所有人类之文明。

但是，因为各种各样的原因，我们在印度并没有完成种群的团结。我们的问题也是今日全人类的问题，都落在了不同的种群与彼此的差别上来。我们有二元论，我们有穆罕默德主义，我们还有各式各样的印度教的信徒，以及各种宗派与社区。所以，没有任何流于表面的政治协定可以吸引我们，可以满足我们，对我们来说是实实在在的。故我们所能做的，必须走得更远更深，我们必须发现最深层次的统一，不同族群之间的那种一贯的精神联结。我们必须深入人类的基本精神，找出所有的种群，而且人人皆是拥有彼种伟大的团结统一之纽带。

就此而言，我们的准备是充分的。我们已经继承了我们祖先的不朽作品，彼种宣扬合一与同情精神的伟大圣者，他们曾说："凡认识众生即己身，亲证众生即本我的人，他已经实现了真理。"这一箴言必须再次得到强调，它不仅属于东方的孩子，也是西方的孩子必须加以实践的。他们必须一起深省这些伟大的、不朽的真理。人的存在，不是为了与其他族类、其他的个体进行战斗，而是借由他的工作，以实现存在界的和解与和平，重建友谊与爱的纽带。我们不是好斗的兽族。正是傲慢在我们生活中占据了主导地位，才造成了诸多隐患，引起了痛苦，带来了嫉妒和仇恨，还带来了政治与商业的恶性竞争。所有的这些幻觉终将消失无踪，如果我们步入心灵的圣殿，步入所有种群的爱与团结的深处的话。

对于印度负有的这一份伟大的使命，我已经在我们的大学里面开始实践了。现在，借此良机，我正好可以邀请你们，希望你们光临印度，与我们并肩携手，切勿仅仅因为我们而到来，更是为了让你们自己的学生和学者有此愿望而来到我们的身边，帮助我们，把这所大学当作东西方文明的共同桥梁。愿他们能够以自己的生命为之献策建言，做出贡献，让我们一起努力，使它富有生机，以代表这个世界永不可能分割开来的真实人性。

为此，我已经来到了你们这里。我借此邀请你们，我以人类统一的名义，以爱的名义，以神的名义，正式向你们发出呼求。我邀请你们的到来，印度与东方期待着你们！

1921年5月26日

斯德哥尔摩

附录三

摘自伊沃·斯托尔尼奥洛的葡萄牙语《献歌》译本序

……因此，泰戈尔在诗歌当中，不但给我们承诺了一个辽远的过去，也一并贡献了颇有意味的现在与未来。

就现在言，他深刻觉悟到，应当重新发现生活中活的力量，是这股力量在我们的世界中，让朝阳每日于希望中升起；在这个世界上，使贫穷与不幸的人们慢慢开始理解这样的力量，是它带给人们进行对不义与不公宣战的勇气。而且，泰戈尔还为我们提供了美好的未来：彼时，每一个人最后都会在无比欣喜中喊出："主啊！你在我里面的欢乐是如此丰盛，你如此屈尊地愿意俯就于我。哦，你这诸天之主，假如没有了我，那么，你的爱，今日又将落于何方？"（第56号献歌）

泰戈尔将继续成为我们"伟大的圣师"，而且，这光芒不仅仅是指向了印度，更是为整个人类世界对自由的热忱寻觅。对于一些人来说，自由来自从权力的幻觉当中得解脱，或来自从捆绑的不幸当中得解救；而对于更多的人，自由则意味着起死回生，意味着从奴役到解放，意味着能够经历永恒的生命，而这生命“此刻正在我的血液里面神奇地悦动，欢乐地舞蹈。”（第69号献歌）

《献歌》一册在手……一时或可精读一点点，俾使作者诗意的体验与神秘的体证，与我们自家的生命经历保其一致。诗人之诗中，将自己譬作握于上帝手中一只“奏出永新旋律”的小小芦笛始，奏雅于“我的主人，在我向你敬拜之时，请让我全部的感觉，都能够舒展开来，去触摸你脚下的这个世界”（第103号献歌）而终。

我希望我们当中的每一个人，有朝一日，能够不用泰戈尔的诗歌，虽然说着同样的事物，却是以我们每一个人自己的语言。

附录四

摘自渡边照宏的日语《献歌》译本序

……从技术上讲，人们翻译泰戈尔的诗歌，尤其是像《献歌》（*Gitanjali*）这种类型的宗教诗，真的是可能的吗？诗人自己做了该诗集散文化的英译之后，并没有任何一种外语，可以胜任于完美的迻译。我自己亦从不敢奢望会有此资格，把这种诗歌形式的第一个日语译著提交给这个世界。

我起初乃是怀着自己的热爱，有幸阅读到此卷诗集；然后借由翻译的尝试，刊发了一些译诗，这经验之基础，倒成就了嗣后翻译该书的一个起点，最终，形成了眼下的这个全译本。愚以为，《献歌》首先应该是可吟诵、可歌唱的。所以我在语言与风格的字面选择上，视其能否用作吟唱而定，就像它的原诗那样。而为了做到这一点，我竭力保留了原诗的形态，保持译诗的长度，其每一行几乎都与原版的一致，当然，还有原诗的行数。

我不知道究竟哪一种语言风格最能够与我们当下的日本人贴近，譬如人们谈论一种语言，何种语言既是经典的，同时又是最能够满足普通人的理解之需求的？我的工作只不过是其中的一种尝试而已。

我之所以斗胆向这个世界呈上此份颇不成熟的文字译作，无非亦在期待未来会有更合适的译者，他当是既保持了原诗精髓的完整无缺，又能够将其译成我们日本的口语诗句。

我们印行泰戈尔的这册诗集，开始安排每一行的位置时，都已经考虑到了诗翁这卷诗册将会带来的种种效果、种种影响，故已经照顾到了视觉的印象与诗句的美感。

附录五

摘自德语界对《献歌》诗集译本的反响

其实，从一开始，泰戈尔的作品在欧洲社会就是一个富有争议的话题，此一点在德国尤甚。由于对公众口味的迁就和此一时代日渐浪漫化的译文，俾使泰戈尔作品里面的那种真实精神无法被西方的文明世界准确评估。由于资产阶级“欧罗巴式的疲软”，也由于被帝国主义的残暴所震惊，泰戈尔俨然成了人们崭新的救世主。而持有异见的右翼分子则认为他是一个刚强的民族主义者，便将泰戈尔列为布尔什维克式的代理人和宣扬者。至于余者，复又以他们对自己文化完全固化与偏执的理解，心灵变得十分狭隘，他们认为，若是没有基督教传教团在印度的影响，泰戈尔的自由主义精神的宗教思想是不可想象的，并乐于把他作为基督教哲学的活力，在异域取得胜利与成就的一个有力证言。

而那些进步的知识分子，像韦纳特（Weinert）和图霍尔斯基（Tucholsky）这样的小说家，由于他们强烈地反对喧哗与忙碌的人类活动，则被人们错认为属于泰戈尔的神秘主义而备受打击。与此同时，坊间则一直伴随着泰戈尔的演讲集和出版物的相继问世。斯蒂芬·茨威格（Stefan Zweig）曾借用他书中的一个文学人物的话语，说他厌倦看到泰戈尔的面孔，像城市中的广告一样，涂抹在城市的角角落落。然而，所有这些极端的评论却有一个共同之处——他们都忽视了泰戈尔在他自己的国家和社会传统中所享有的那种特殊位置与意义。

泰戈尔的宗教思想和宗教哲学的内容，是他的作品和人格造成诸多误解的原因。他在欧洲既获得了普遍的赞誉，也受到了普遍的谴责，而他诗歌中的宗教风格却正是其作品在印度如此风靡与普及的基础。宗教圣歌和民间唱诗是印度文学的重要两翼，在他们的公众生活中，人们常以口头语言的形式在广泛传播与传递着，其中有大量的作品从来没有发展成文字系统，以供人们自由地阅读。

虽然宗教诗歌和世俗诗歌之间的分野尚未得到明确的界定，但我们还是发现泰戈尔诗歌中所使用的隐喻是圣俗兼备的，既有来自宗教原则的，也有来自世俗现象的。泰戈尔诗歌的宗教脉络不是神秘主义式的对世界的弃绝。在泰戈尔的生命哲学中，彼种对世界的弃绝显然是永不会发生的。

海因兹 · 莫德（Heinz Mode）在他的泰戈尔传记中曾写道：泰戈尔的作品中，“宗教”一词的内涵要幽深得多，若纯以欧洲的文化背景为依托，这个词与其内容之间的联系并不能被完全涵盖与准确理解。在这种宗教信仰里面，几乎没有任何的神秘主义痕迹，而这恰恰是西方的观点和他们一厢情愿的想法，却又常常乐于加诸东方文学中的那种错觉。

在泰戈尔的写作中，宗教元素是一种富有远见的、广阔的人道主义与理想主义，它源自对世界的深微洞察。然而，在察看世界的同时，他又将目光转向了人在社会和自然中的潜力，并利用这些洞见所获的知识，来界定人类存在的意义、界定生活的目标。

泰戈尔的诗歌里面，洋溢着庆祝生命与生活的欢乐，洋溢着一种普遍的、对所有人的爱，特别是对社会中的低层人士。这种过高的理想与期望，显然不讨某些阶层的欢心，然在当时无疑是具有革命性的。泰戈尔为人类设想的最高理想是：所有人的生命，都在创造性的活动，都在为他者的服务当中得以圆满，他们都被同一个神所珍爱，而这个神又不在自己众多的孩子中间进行任何的区分，不圈定特殊的种姓，伴之以偏见与歧视，或关爱或厌弃。

这些设想是极其勇敢的，远远超出了泰戈尔处身的那个时代。当他允许自己的儿子迎娶一位寡妇之时，他发出了一个明确的信号，他是在亲身实践他自己关于新的社会、新的宗教意识与思想的。虽然他猛烈地对抗印度教中邪恶的一面，但他仍是牢牢坚守印度哲学的悠久传统，它融合了看似相异的各种元素。在印度教的诸元素中，他特别强调了“爱”，他认为这是所有向善的道德转变的基础。在理解泰戈尔的思想时，这是最重要的真理。他称之为“欢乐”，这是所有创造的源泉。

这也是诗集《献歌》的基本思想。对于所有的人，包括生命的爱，男人和女人之间感性的爱，母亲对她孩子的爱，以及人类对自然的爱恋与发现作为神的礼赠的爱，都是其诗歌赞美的对象。这些基本的思想，以不同的面貌在整册诗集中互相交织，熠熠生辉。这些诗歌的简洁常常使读者深为着迷，陶醉其中。泰戈尔在这些诗中提出了他对理想人类的概念：创造性、艺术性和社会的活动性。

泰戈尔把从出生到死亡的生命存在，视为人类与至高的真理短暂分离的过程，然后，于死后再度获得了统一，合而为一。在这段生命过程中，他描绘了几个不同的阶段，每个阶段都会有不同的德行挑战：年轻人的道德训练是，令其精神趋向于俭朴生活的理想，不自私，不只是追逐物质的财富，年轻人的责任是在社会上占有他的位置，借此服务于他的民族；成年人的道德训练是，不断精进，以追求德行的完美，最后直面上帝，为死亡做最后的准备。而这个上帝拥有很多很多的名字与身份，他不仅仅是基督教传统所习知的，像国王、统治者或父亲，他同时还是朋友，还是情人。借由对热烈爱情的描述，来表达神与人之间情感的深度，这是贯彻印度文学很多个世纪的古老传统。因此，对印度的读者不难理解的，这种在抒情诗中经常将神赞美为自己爱人的现象，则很可能会令欧洲的读者惊诧不已。

毫无疑问，泰戈尔在诗集《献歌》中对社会敦睦的远见，对欧洲读者的心灵来说，并不是没有挑战与困难的。在我们努力理解泰戈尔的人格和作品的过程中，我们必须设法去想象，在一个土邦领主宰制的社会里，当殖民统治的剥削进一步阻碍了其有序自然的生长与发育时，这种“进步”的远见究竟意味着什么。当泰戈尔看到印度的传统社会在分崩离析、纷纷瓦解之际，他意识到了，西方工业化的国家模式，并非印度社会的解决之道。在泰戈尔的时代，各种历史的矛盾迅猛高涨。在欧罗巴，文艺复兴与民族国家从资本主义中解放出来之间，至少有着几百年的距离。而就印度而言，孟加拉的文艺复兴在泰戈尔诞生前三十年才刚刚拉开序幕；在他去世之后没多少时间，整个国家摆脱了殖民统治的枷锁。泰戈尔是他处身的时代所有这些矛盾的见证，并在他的书中，给出了它们永久性的文学表达。

附录六

英国诗人叶芝 1912 年英语版《献歌》序言

1

前几天，我对一位杰出的孟加拉医学博士说："我不懂德语，但是，如果一位德语诗人的译文感动了我，我就会去大英博物馆的图书室，寻找相关的英文书籍，了解这位诗人的生平事迹，了解他的思想历程。但现在，尽管这些译自罗宾德拉纳特·泰戈尔（Rabindranath Tagore）的散文诗使我心潮起伏，这种阅读经验已是很多年没有发生过了，然而，如果没有印度朋友告诉我一些信息的话，我对该诗人的生平，以及使这些作品成为可能的思想运动，简直是一无所知。"

我的这种阅读经验，在这位孟加拉医学博士看来，似乎是理所当然的，因为他说道："我每天都会阅读罗宾德拉纳特，读他的一行诗句，就可以忘却世界上的一切烦恼。"

我说："若在理查二世统治的时期，一位生活在伦敦的英国人，他阅读彼特拉克，或但丁的英译诗歌，但找不到任何一本辅助的书来解答他的迷惑，他可以询问佛罗伦萨来的银行家，或者来自伦巴底的商人，就像我现在向你发问一样。而我现在所知道的全部，无非就是这册诗集，它是如此丰富，复又如此单纯，在你们的国家，新文艺的复兴运动已经发生，可惜除了道听途说之外，我却无从了解更多。"

他回答道："我们也有其他的一些诗人，但没有一位可以与罗宾德拉纳特平起平坐。我们把这个时代称为'罗宾德拉纳特的时代'（epoch of Rabindranath）。在我看来，你们欧洲没有一位诗人，像他在印度那样负有盛名。他的音乐与他的诗歌一样伟大，他的歌曲被人到处传唱，从印度的西部，一直到说孟加拉语的缅甸地区。从他十九岁时，刊出他的第一部小说开始，他就非常著名；并且，当他年纪稍长时所写的戏剧，至今还在加尔各答上演。我非常钦佩他生命当中的那种完整性。在他年幼的时候，他可以一整天坐在自己的花园里，他书写的都是大自然的事物；大概从二十五岁到三十五岁的光景，他曾遭遇巨大的悲痛，便用我们的孟加拉语，写出了最美丽的爱情诗篇……"他略微一顿，然后带着一种深情的语调，继续说道："我在十七岁的时候，读到他所写的爱情诗时的那份感激之情，语言是永远也不能表达出来的。此后，他的艺术越发深沉，逐渐呈现出了宗教与哲学的意味，人类的一切灵感与向往，人们在他的诗篇当中都能找到。而且，在我们的圣徒传统当中，他是第一个既不拒绝尘世生活，又能够把这种生活本身全然表达出来的人。这也就是为什么我们那么热爱他了。"

也许，在我的记忆里，我对他字斟句酌的用词或有些微的改变，但这些确实都是他的原意，他还补充说道："一些日子以前，罗宾德拉纳特曾来到我们的一个教堂里诵经礼拜——我们的梵社（Brahma Samaj）也使用你们英文里的'教堂'一词——那是加尔各答最大的庙宇，他的到来不仅使得庙里面十分拥挤——一些人甚至站到了窗台上，而且，整条大街都是人山人海，变得水泄不通。"

还有另外一些印度人来看望我，他们对泰戈尔这个人的尊敬，在我们的世界里听起来不免有些匪夷所思。在这里，我们常常把伟大的与渺小的事物，一起隐藏在同样的面纱后面，并以一种显而易见的喜剧，以半真半假的贬损语气来表达它们。甚至，当我们在建造宏伟的宗教建筑之际，我们的话语当中可有半句对我们自己伟人的敬畏之辞？

"每日凌晨三点——我知道，是因为我曾经看见过那种场面……”其中的一位印度朋友这样告诉我说，“……泰戈尔就开始冥想，他一动不动，大概经过两个小时，才于神性的沉思中苏醒过来。他的父亲马哈拉什（Maharishi），有时甚而会静坐一整天，直至第二日的到来。有一次，他们航行在一条河流上，由于周围的景致怡人，他立即陷入了冥想。掌船者只好泊船等待，八个小时之后，他们才继续前行。”接着，他又给我介绍了泰戈尔先生的家族，好几代伟人，都从这个家族的摇篮里面诞生。“今天，”他说道，“这个家族里面就有葛贡德拉纳特·泰戈尔（Gogonendranath Tagore）和阿班尼德拉纳特·泰戈尔（Abanindranath Tagore），他们都是艺术家；而罗宾德拉纳特的兄长德维金德拉纳特（Dwijendranath Tagore）则是一位伟大的哲学家，松鼠会从树枝间出来，爬到他的膝盖，小鸟们则会飞到他的手上栖息。”我注意到，在这些印度人的思想里面，有一种肉眼可以看得见的美，以及对意义的感受力。好像他们都信奉着尼采的学说，即我们不必相信道德或智力的美，因这些事物无论迟早，都不会于现实事物上留下它们的印迹。

我说：“在你们东方，你们知道如何维系一个家族的声望于不坠。前些日子，一位博物馆的馆长曾指着一个黑皮肤的矮个子男人——彼时，他手中正在整理着他们的中国印刷品——对我说道：‘那是日本天皇（Mikado）世代相传的遗产的鉴赏家，他是这个家族里面这种角色的第十四代传人了。’”他回答道：“当罗宾德拉纳特还是一个小男孩时，他就在自己的家里，受到那种文学和艺术的熏陶。”我想起了这些诗的丰富性与纯粹性，不由地说道：“在你们国家，是不是也有很多宣传式的文学，很多这类的评论文章？而我们常常必须这样去做，特别是在我自己所属的国家里。我们的大脑渐渐停止了那种创造力，但我们却一筹莫展。如果我们的生活不是持续地在竞争，我们就不会感觉有趣味，我们也不知道什么是真正的善，我们找不到自己的听众与读者。在我们的精力当中，大概有五分之四是耗在了与各种不良趣味的战斗上，无论是同我们自己的大脑，还是与别人大脑里面的那种趣味宣战。”“我理解的，”他回答道，“我们也有我们自己的宣传式的写作。譬如，在我们的乡村里面，人们常常在背诵从中古世纪的梵文改编而成的那种漫长的神话诗篇，它们也经常插入一些片段，告诉人们必须履行的人世义务。”

2

这些诗歌的译稿，我随身携带了好一些日子，我在火车里面读它，在公共汽车中，或者餐馆里面读它。我时常不得不把它合上，以免陌生人看到我那种受感动的样子。这些抒情诗篇——据我那些印度的朋友告诉我，其孟加拉原文充满了微妙的节奏，充满着任何别的语言无法翻译与传递的轻柔色彩，还充满着诗韵与格律的新发明。

这些诗歌显示了我毕生梦寐以求的境界。这是最高的文化成就，然而它们又像大地上的青草一样，只是从普普通通的土壤里面生长出来的。诗人所在的传统，诗和宗教是一回事，而且历经了很多个世纪，从知识阶层与非知识阶层那里采集各种隐喻和情感，把学者和贵族的思想世界，重新带回到了普罗大众那里。如果孟加拉的文明从不间断，如果普遍的心灵——犹如同一位神灵的一样——可以流贯于众生万有，而不是像我们这里，分化为十几个彼此毫无同情与了解的心灵，那么，即便是这些诗歌当中那种最为精妙的地方，几代人过后，也仍然会传递到路旁的乞丐身上。当英格兰只有一个心灵时，诗人乔叟写出了他的《特洛伊洛斯和克瑞西达》（*Troilus and Cressida*），并认为自己写出来仅是供人们默读，或者高声朗读的，因为我们的时代很快到来。但是，他的这些诗篇还是被行吟诗人在民间传唱了好一些岁月。

罗宾德拉纳特·泰戈尔，倒像是乔叟的先辈，他为自己的作品谱曲，而且人们每时每刻都能够理解这些诗歌里面的丰富性，复又如此自然，如此大胆奔放，充满诸多意外的惊喜，因为他在做的事情，从来不会让他们觉得奇怪，感觉不自然，或者需要防范。这些诗篇不会被装订成精美的小册子，放在女士们的书桌上，供她们慵懒的双手来翻阅，然后又慨叹着生命的百无聊赖；这些诗篇也不是供那些大学里的学生收藏与携带的，等到他们的人生奋斗甫一开始，便全被丢在了一边。相反，而是随着时间的流逝，旅人们在大路上、舟子们在河岸边，他们皆会咏诵与歌唱着这些诗篇，恋人们在彼此等待的间隙，也会低首吟哦，并且会发现，这里面呈现出来的那种神圣的爱是一个神奇的海湾，因为他们自己痛苦的激情，居然可以沐浴其中，而重放青春的生气。

在每一个时刻，这位诗人的心会向这些人打开，并且毫无自贬身价、折节下交之意，因为这些人会理解它，因为它的里面充满了他们自己的各种生活情境：一位身穿褐色衣裳的旅者，身上尘土落满，也不会显眼；一个在自己的床上寻找花瓣的女孩，而这些花瓣则是从她尊贵情人的花环上掉落下来的；在空空的房子里面，仆人或新妇正在等待着主人的归家——这些都是人心渴慕神明的形象。鲜花与河流，海贝的吹响，印度七月的滂沱大雨，或者是那种灼热的酷暑——这些则都是表达心灵在结合或分离时的复杂心情。而一位孤坐河岸边的船上，摆弄着笛子的人，就像中国水墨画里那些充满神秘意味的人物，则是上帝自身。

对我们充满新奇的这整个民族、整个文明，似乎都落在了这种想象里面。但是，我们的感动并不是由于这种新奇，而是因为我们遇见了我们自己的形象，好像我们漫步在罗塞蒂（Rossetti）的柳树林里，或者，也许是在文学当中首次听见了我们自己的声音，居然仿若一个梦境。

自文艺复兴以降，欧洲的那些宗教圣徒的作品——尽管我们很熟悉他们的隐喻世界，或者熟悉他们思想的总体结构——对我们已经没有任何吸引力了。我们知道，我们最后必须舍弃这个世界，而我们也已经习惯于在疲惫或高亢的时刻，考虑自愿对尘世的放弃；但是，我们读了那么多的诗歌，看过那么多的绘画，听过那么多的音乐，肉的召唤与灵的哭泣似乎来自同一个声音，我们对它的贸然放弃，难道不是过于粗暴吗？

而且，我们与圣伯纳德（St. Bernard）有什么共同点呢？他就这样把自己的眼睛闭上，看不到瑞士湖的美景？或者，我们与《启示录》（*Book of Revelations*）的那些激烈言辞有什么共同之处吗？如果我们愿意，在本书当中，我们则会找到充满优雅诗意的话语：

> 我必须上路了，弟兄们，请为我饯行吧！向你们所有人鞠躬之后，我就应当启程了。
>
> 我交还了我门上的钥匙——交还了房子的所有权限。如今，我只请求你们最后的几句话语，便要开始赶我的前路了。
>
> 我们做过很久很久的邻居，但是，我接受的多，给予的少。现在天已破晓，我黑暗屋角的灯火已经吹灭，召命已至，我准备远行了。（第93号献歌）

当我们的心离A.肯佩斯（A.Kempis）或十字约翰（John of the Cross）最是遥远的时候，这正是我们自己的心在哭泣：

> 因为我爱上这个生命，我知道，我也一样地会爱上死亡。（第95号献歌）

然而，这本书探索的，绝不仅仅是我们告别尘世时的那种思想。我们往往不曾知道自己对存在界所藏有的深沉爱意，而信仰它，对于我们又几乎不可能。然而，当我们回顾自己的人生时，我们则会发现，在我们探索人生密林中的诸多路径时，在我们孤处深山而深感喜悦时，在我们对自己心爱的女子提出神秘要求时，正是这种爱，创造出了那种内在的甜蜜：

> 那时，我还没有为你的到来做好准备，我的国王；你就像一个平凡的生人，不请自来，主动地进到了我的心房。从此，在我生命流逝的无数时光里，盖上了你永恒的印记。（第43号献歌）

于是，这个世界就不再是神圣的牢狱和惩罚之地了，反而是一种升华。仿佛进入了画家更为深沉的心境当中，因为它既画出了尘土，也画出了阳光。而为了寻找到类似的声音，我们会靠近圣弗朗西斯和威廉·布莱克，他们在我们遍布暴力的历史当中，看起来却仿佛是异族人一般的迥然相异。

3

由于对某些一般化程式的信靠，我们尽是写些冗长的巨著，而里面很可能并无一页拥有特色，使写作本身充满乐趣，正如我们在这里战斗、在这里赚钱，并用政治填满了我们的头脑，所有这些所做的，都是一些沉闷无聊的事情，而泰戈尔先生，就像印度的文明本身一样，一向都以灵魂的发现为至高乐趣，并让自己臣服于这种灵魂的自然。他似乎经常将自己的生活，与那些追逐我们的时代潮流、那些在世界上看起来更为重要的人物的生活，相互比较，相互对照，却又总是十分谦虚，好像他只是肯定了自己的生活方式对他自己才是最好的一样：

> 那些回家的人们望着我发笑，使我满心羞惭。我像女乞丐一般地坐着，拉起了裙子，盖住我的脸，当他们问我要什么的时候，我垂下了眼帘，闭口不语。（第41号献歌）

而在另一些时候，罗宾德拉纳特则记起他从前的生活，曾经有过的另一番模样，他便会写道：

我曾经用大把大把的时间，花在了善恶的交战当中；然而现在，正是我那于闲暇时分携手的玩伴的欢愉，把我的心吸引到了他那里去。我也不知道这突然的召唤，究竟会成就一种何等无谓的意外境地。（第89号献歌）

在别处的文学里面，我们找不到有这样的一种天趣、一种单纯，使鸟儿和树叶显得与人类是如此亲近，如同它们与孩童们的亲近那样；而季节的变更则成了一件大大的事情，就像我们以前的时代，人类的思想尚未把天时与我们自己隔离那样。有时，我很想知道，他的这种天趣与单纯，是否也是脱胎于孟加拉的文学或宗教的信仰；而在其他的一些时候，我又想起了小鸟栖息在他兄长手中的事情，这倒令我更乐意认定这是一种代代相继的禀赋，就像特立斯坦（Tristan）或皮兰诺拉（Pelanore）的优雅举止，乃是好几个世纪才得以秘密成长起来一般。事实上，当他谈到孩子们时，他自己在很大程度上似乎就具备了这种特性，人们很难确定他是不是也同时在说着一些圣徒们的品质：

他们用沙子盖起了房屋，手中摆弄着空空的贝壳。他们还用枯萎的树叶编成了小船，又欢笑着让小船漂浮到深远的海上。孩子们在世界的海岸，进行着他们专注而安定的游玩。

他们不知道如何游泳，他们也不懂得怎么撒网。采珠者在寻找宝珠，商人们向远方出航。而孩子们却把石头捡起，再把石头扔下。他们既不寻找那隐藏的宝藏，他们也不知道如何进行撒网。（第60号献歌）

W.B. 叶芝

1912年9月

附录七

法国作家纪德 1914 年法语版《献歌》序言

就我自己而言，即使我有闲暇时光，也未必会起意研读古印度那些篇幅巨大、杂然纷呈的各式作品，保罗·德·圣·维克多（Paul de Saint-Victor，1827—1881）曾说过一句耐人寻味的话：“例外，就是印度的成规（Exception is its rule）。”

“在欧洲和印度的心灵之间，”他继续说道，“彼此隔着一亿多个奇异的神灵。”我推崇诗人泰戈尔的《献歌》（*Gitanjali*），首先是因为它并非鸿篇巨制；还因为它绝不以各样的神话来充塞了事；另外，让我对这册《献歌》充满激赏之情的是，为进入此间的阅读，人们并不需要任何知识的准备，尽管了解它与古印度的传统存在关联，或许有助于阅读，但是把该诗集认定是面向我们而非古代，则会更加有趣一些。

既然我已准备好了对《献歌》一书的推崇与赞美，故行事之先，我也颇愿意指出此书一严重之缺陷。这本书虽非鸿篇巨制，反而颇显轻灵，但它的组合显然属于一种拙劣的安排。我倒不是说它不符我们西方的节奏，我们的格律，或我们的评判标准。我非属此意。但我们从本书末尾所附的简短说明已经确知，最初泰戈尔有三部各自独立的孟加拉语的诗集：《祭余》（*Naibedya*），《渡口》（*Kheya*）和《献歌》（*Gitanjali*），现在这本诗集之名即来自其中的一个集子“*Gitanjali*”。另有一些内容，来自散见于各类杂志上的诗歌，它们也被组合到这本诗集里面，不免分散了我们的注意力。

我认为，特地加注来说明本诗集于编辑上源出各处、芜杂不一，这样做似无必要，甚至好笑。不过，这是显而易见的，尽管有人或会觉得我语出不妥。

编辑过程让诗作者措手不及，但诗集终得玉成，我却是满心欢喜的。当时已名满恒河两岸的诗人，在他五十四岁（原文如此，实则乃五十一岁——译者注）那年，只因听从几位朋友的建议，便决定出版一卷英文诗集，但是数量尚属不足，于是匆匆组合，故而构成现在这卷诗集。

以前，我们曾看到过印度的精神巨著，如何被三番五次地装入了英国出版商口径狭小的出版物里面，彼种阅读显然并不是一件令人愉快的经验！在《摩诃婆罗多》（*Mahabharata*）的214，778

行诗句与《罗摩衍那》（*Ramayana*）的48 000节经文之后，眼前这册薄薄的诗集该是何等令人欣慰的补救啊！我甚是感激印度，感激罗宾德拉纳特·泰戈尔，因为这种质量、数量与密度的变动中，我们再也无须付出更多的艰辛，俾可获得如此之多、如此丰盛的精神收益。《献歌》里面的103首短诗，几乎每一首都具有令人羡慕与尊敬的分量在。且让我们返回到它的多样性上面来。但是，我希望自己将以最大的简约，一点一点地分析开其中的偶然元素，彼种非确定的表层，以便我们把注意力集中于这本书的核心与精妙的地带。此处，我们不妨从泰戈尔的其他著作谈起。

自从《献歌》一纸风行之后，泰戈尔的另外两卷诗集也相继问世了。其中一册是《新月集》（*The Crescent Moon*），这是描述童真的戏剧，或关于孩童的诗集。在那里面，我们会发现三首《献歌》里面的诗，虽说不是品质最好的，却是最近被人们引用最多的诗歌。（即第60号、第61号、第62号献歌）

另外一册是《园丁集》（*The Gardener*），于去年十一月份问世，这是一个系列的诗，如果不是在青年时期写的，至少也是属于较早期的作品了，如同我们在序言中被告知的那般，它比《献歌》的写作时间要早了很多。这个诗集亦是颇不均衡，然在它的里面，有几首爱情诗篇的光芒，足可辉映千载，虽与《献歌》里那些至美的“人神相悦”的圣诗不同，它是人类的爱情——我甚至应该说，它是肉身的相爱，故丝毫不沾染神秘的气息。这些是如此特别的诗篇，使我不愿失去在此加以引用的乐趣：

我握住她的双手，把她紧紧抱在了胸前。

我想以她的爱来填满我的臂弯，用我的亲吻劫走她的香甜，让我的眼睛来啜饮她那最是深黑的一望。

呵，但是它们藏身哪里呢？谁能够经由苍穹，而能过滤出那一抹幽深的蓝？

我想把美抓住，美却躲开了我，只留下它的躯体遗在我的手掌。

待我返回，我已是满身的困倦与失望。

呵，那唯有精神才能碰触的花儿，如何才能够让躯体也一并触及呢？

——《园丁集》第49号

诗集中的大多数诗篇，其抒写方式与之颇为不同。它们的情感煎熬期更长，而不是将此类情感独立出来，直接表达此中的热烈，倒似置于一个供表演的舞台，有些甚至组成了对话的样式。其中一些诗，如同《献歌》里面最不成功的那一类，很可能便源出这里。我必须承认，自己素来是不喜品尝此种类型的诗歌的。智慧或情感，把它们放在道德寓言中运用，就阅读而言，并不总是令人愉快的。其中一些不快的阅读经验还教人联想起了坎农·施密特（Canon Schmidt）的故事来。

在这样一个系列之中，其中的第31号和第51号作品，还加上一首神秘诗，说着战士、铠甲与弓箭。这是相当不协调的，人们想知道为什么它会被包括在内（也许只是为了扩大篇幅），然在我看来，这些完全可以省去而没有丝毫的损失。但另一方面，我决然不会舍弃第78号和第50号这样的寓言诗：

> 造物伊始，繁星射出了第一道炫目的光芒，众神齐聚天界，唱起了欢歌："啊，完美的画图，纯粹的喜乐!"忽然，其中一位天神叫喊起来——"光的链条上似乎缺开了一环，一颗星星不见了。"于是，他们竖琴上的金弦，猛然之间断裂，歌声也戛然而止，他们惊惶起来："是啊，那颗迷失了的星星，她是多么完美，她就是诸天的荣耀！"
>
> 从那一天开始，他们就没有停止过寻找，他们众口相传；由于她的丢失，世界也失去了一份欢乐。
>
> 只有在最深沉的静夜里面，众星微笑着相互低语——"寻找是何等的徒劳，无憾的圆满，永是遍在，笼盖着一切!"
>
> ——【第78号献歌】

这首诗中所表达出来的多神论——当然，这不是真正的多神论——在《献歌》当中，是独一无二的，最初或会令我们感到怯怯不安，然而，若是对于那些了解古印度圣典《梨俱吠陀》（*Rig Veda*）当中令人崇敬的昔日箴言的人来说，这是一点都不需要诧异的，写在彼时连梵文尚未出现的早期语言中，有诗句是这样说的：

孰人了知此事？孰人能够明说此事？此洋溢的万千生物，自何处肇始？何谓创造？诸神亦是肇端于它吗？然孰人知晓，它究竟如何存在？

这里是第二个寓言：

我走在村野的路上，挨家挨户地乞讨。你的金辇像一个华丽的梦，出现在了远方。我在猜想，这万王之王究竟是谁呢！

我的希望倍增，我觉得我的苦难就要到头了。我立在路旁，等候你主动的施与，等待那自四面八方散落下来的无穷财宝。

金色车辇在我站立的地方停住。你看到了我，微笑着下车。我深信自己的好运终于今天来临。突然，你却伸出了自己的右手，说道："你有什么东西给我呢？"

呵，这开的是什么样的帝王玩笑，向一个乞丐伸手乞讨！我满是困惑不解，在犹疑中站立。然后，我从自己的口袋中缓缓掏出一粒最小的玉米，献给了你。

那一日的末了，我回来倾空自己的行囊，把它们倒在地上，在我乞讨过来的粗鄙物事当中，我竟然发现了一粒小小的黄金。我大惊失色！我不禁失声痛哭，我恨自己没有慷慨地倾尽所有，将它们全都晋献给你。

——【第50号献歌】

从另外一个方面来讲，这首诗歌完全可以纳入一个漫长的序列之中，不久，我将进行此事。人们可以把它从《献歌》中剥离出来，就像人们可以把"返乡"（Heimkehr）或"抒情间奏"（Lyrisches Intermezzo）的序列，从诗人海涅的《诗歌集》（*Buch der Lieder*）中剥离出来一样。

似乎它是以诗（歌）的形式呈现了泰戈尔的两部戏剧。其中一个戏剧是受《摩诃婆罗多》（*Mahabharata*）的启发，创作于泰戈尔的早年。第二个戏剧则令我们倍感兴趣。它似乎是与这组诗受同一种灵感启示出来的硕果。就其外观看，它又如此现代。这诗剧名为《邮局》，它讲述了一个垂死小孩的故事。他以盼到国王来信为唯一心愿。小男孩每日坐在窗前，招呼着一个个经过的路人。这些人起初并不愿意与之交谈。但与这小孩一番看似幼稚的交流之后，人们却于不知不觉间，将自我从原来压抑的状态中解救了出来，且甚是欢畅愉悦。而孩子等待的信件一定会来，也必然会抵达，却始终没到。孩子死前，国王来到了他身边，不待他开口，孩子便认出了他。

在这幕奇特的戏剧之间隙，我们不妨从下面这首诗歌中加以想象，体味其中的奥妙：

> 在影子追逐光的地方，在初夏雨水来临的季节，站在路旁等候与观望，那便是我的快乐。
>
> 你的使者从不可知的天界带来了你的消息，向我致意后他又匆忙赶路。我满心欢愉，吹来的柔风中，呼吸到的尽是阵阵甘美的清香。
>
> 从清晨到夜晚，我一直坐在自己的门前；我知道，当我一看见你，那快乐的时光便会倾泻而至。那时，我会自歌自笑；那时，空气中也会充满着祈请与应答的芬芳。
>
> ——【第44号献歌】

随之而后的一些诗歌，表现出了各式各样的等待，而不是遵循同一个模板。特定的曲调，却以其内在的音乐微微颤动着，一首曲子接着一首曲子，不禁让我们联想起了舒曼的曲风，或者巴

赫的音乐。（第40号、第45号、第46号和第47号献歌）

有时候，这似乎是一个世俗恋人的等待，然而，转瞬之间，复又变成了深沉而神秘的相邀。

在一些诗中，一个表示阴性的代词会突然出来，它提醒着我们，这是一个女性的声音，但是没有表明她开始或停止的地方。因为在英语中，第一个发言人的性别，往往比法语在语法上更容易被隐蔽，翻译者有时候无从确定。然事实的真相则是：它是灵魂之歌，故无所谓性别：

> 清晨，于秘密的耳语中，我们约定了要一同去泛舟，除了你与我，在这个世界上，没有任何一个灵魂会知晓，我们这既无目的，又无泊处的朝觐之旅。
>
> 在这无边的海上，你常常微笑着静默聆听，而我的歌唱抑扬成调，像波浪一般自在，摆脱了字句的束缚。
>
> 时候还没有到来吗？还有一些工作需要完成吗？看呐，暮色已经罩住了海岸，远处的苍茫当中，海鸟们亦已成群归巢。
>
> 呵，可是有谁知道，何时这锁链能开，何时这条朝觐的舟船，也将会像落日的余晖，消解在茫茫的夜色当中呢。
>
> ——【第42号献歌】

人们当然可以领会到，这里的“航行”（朝觐）是一个神秘的象征——或许也正是因为这种“航行”，才迫使波德莱尔说出了：

哦，死亡，老船长，是时候了，让我们起锚出航吧！

泰戈尔的这一种生命的“航行”，与波德莱尔颇为不同，而它却启发了泰戈尔写出奇妙与美丽的诗歌来。

****

我们分析了较外围的作品，现在，我们已经到了这本书的核心地带。此诗集中，除了那些告别生命的死亡主题与形而上的诗篇之外，几乎没有任何东西横亘在我们面前了。

但是，在我们进入那些主题的讨论之前，我想再介绍两首诗歌，它们是如此美丽，几乎不能被人们遗忘。虽然在本书中是分开印刷，但它们的内容却似天然地联系在了一起：

光明，那光明在哪里呢？用燃烧的渴望之火把它点燃吧！

这儿有灯，但没有一丝光明——这就是我的命运吗？呵，我的心呐，你还不如死了的好！

悲哀在敲打着你的门，她带来的口信，说你的主人一直醒着呢！他召唤你穿过茫茫黑夜，去奔赴一场情爱的约会。

乌云漫天，雨脚不断，我不知道心里面究竟是什么事物在动荡不安——我不懂得它的真实意味！

在一道耀眼而短暂的电光中，我的眼前呈现出黑暗的深渊。我的心摸索着前行，寻找那夜的音乐召唤我去的地方。

光明，那闪亮的光明在哪里呢？用燃烧的渴望之火把它点燃吧！雷声在响，狂暴的大风在虚空中呼啸。夜，像黑沉的岩石一般凝重。不要让时光在黑暗的夜色中徒然流逝，用你的生命，把爱的光明点亮起来吧。

——【第27号献歌】

接着，同样一个“光明”的主题则是这一首：

光明，哦，我的光明，普照大地的光明，这吻着眼目的光明，这沁入肺腑的光明！

哦，亲爱的，光明在我生命的中心跳起舞来了；亲爱的，那光明正在弹拨我爱的琴弦。天开了，风儿狂奔，朗朗笑声响彻大地。

蝴蝶在光的海洋上，展开了它的翼帆。百合，还有茉莉，它们在光的浪尖上起伏、翻滚。

亲爱的，这四射的光辉，它在每一朵高天的云彩上散映成金，洒下了慷慨无量的珠宝。

亲爱的，无边的欢喜正在树叶间弥漫，快乐异常。天河决堤了，这欢喜的洪流是如此浩大，如此地奔泻而下。

——【第57号献歌】

这两首诗彼此之间似有某种确定的对应。我说过，把它们放在一起是很自然的，但实质却又不然。它们各自有着各自专属的地方。第一首充满了煎熬的痛苦，诗中呈现出了那种不平静的灵魂，专注、充满热情，在世界的此岸，永在渴望彼岸的光明与宁静，因此，没有实现完美的结合。第二首则属于表达了灵魂胜利的凯歌，狂喜，近乎醉态，与神圣者正在一道上升。

那么，这种令人战栗的欢乐之流，其秘密何在，它像流水一样闪亮，像日光一样温暖？什么是此间真理，它如何滋养着，同时还陶醉了人的灵魂？是婆罗门哲学的硕果吗？是毗湿奴神的秘密教义吗？不，都不是的！这实在是泰戈尔哲学中的“爱”，这也是泰戈尔宗教里的“爱”，因为，正如他表达自己思想的著作《人生的亲证》的序言中所说的那样：

对于西方学者来说，印度那些伟大的宗教经典似乎只具有回溯与考古的价值。但对于我们来说，它们却是十分重要的生活方式。

——《人生的亲证》

我在这里所欣赏的究竟是什么呢？令我流泪和大笑的，是这些诗中充满了激情的生活，它所传递的观念通常会被人们认为如此费解、如此抽象——存在着某种类似于帕斯卡（Blaise Pascal）作品当中所显示的意思，令人战栗，但在这里，却显然是一种欢乐无比的战栗。

主啊，让我最后的歌唱，能够融合你的一切欢乐。

那欢乐，使大地的草海欢声雷动；那欢乐，使生死这对弟兄，于广大的世上并肩舞蹈；那欢乐，与狂烈的风暴一道，席卷而至，用此等盛大的欢笑，来动摇和唤醒一切的生命、所有的生机；

那欢乐，也曾伴着泪水，安静地歇在了红色莲花那盛开的痛苦当中；那欢乐，它超出了一切的言语和词句，把你所有的所有，全部抛出，纷纷落在世界的每一粒尘土之上。

——【第58号献歌】

这种欢乐自然会传递出来，成为生命存在的一种普遍感觉，成为参与到彼种真实人生的普遍感觉。

是的，我知道的，这一切不是别的，它们正是你的爱。哦，我心灵的爱人呀！——这曼舞于树叶的金光，这穿行于天际的闲云，这于我的额头留有清明凉意的微风。

拂晓时分的晨光，一旦涌入我的双眼——我就知道，这是你传递给我心灵的消息。你俯下了你的脸，自高天之上凝视着我的双眼；而我的心，也已经触及了你的莲花双足。

——【第59号献歌】

在这里，我们遇到了一种“准泛神论”（quasi-pantheist），这样一种万物有灵的神奇感曾在诗人歌德的《浮士德》中有过完美的表达，像浮士德于晨光中觉醒后的独白，我们不妨打开《浮士德》的第二部：

向太空的曙光温柔致意
大地啊你也静止了一夜
又在我脚下焕发着朝气
又开始用欢乐将我包围
又激励和坚定我的决心
向最高的存在不断进取
晨光中世界已豁然开朗
茂密的林间正百鸟欢啼

轻雾在幽谷间缥缥缈缈
可天光已沉入深深谷底
千柯万枝一齐吐露新芽
栖息之地一片芬芳馥郁
花叶之上珍珠摇摇欲坠
看周遭，此身已在天国

然后，在这个独白的结尾，浮士德凝望着从群山的脉络中倾泻而出的瀑布时，他不禁又说道：

那从悬崖绝壁飞泻的瀑布
望着它我真个叫欣喜难耐
它翻卷着一层层落进深渊
随后分解成千道万道急流
把浪花水沫激溅到云天外
于是从飞瀑中衍生出虹霓
似拱桥却有着缤纷的色彩
它变幻莫测，它时隐时现
在周围飘洒着清凉的香霭
细加思想，你会更加参透
这景象反映着人类的活动
生之意义就在反射出光彩

在印度哲学中，不同程度上称这种色彩的反映为“摩耶”（Maya，幻觉）。然而，泰戈尔所说的这种欢乐却超越了“摩耶”。因为，他正是于尘世的映照中寻找着他的神明，在现象世界的厚幕掀动之间，他的灵魂充满了渴望：

莲花开放的那一天，唉，我的心思迷乱，却不知其中的缘由。于是，我空着花篮，冷落了花儿。

幽伤不时地袭来，我从自己的睡梦中惊醒，察觉到了南风中有一股甜美而奇异的芳香。

那淡淡的甜润，令我盼望得心痛。对我而言，这仿佛是夏天饥渴的呼吸，正在寻求着它最后的圆满。

那时，我还不知道它离我竟是如此之近，原本就归属于我。这圆满的甜润，现在已经于我心灵的深处，全然地盛放了。

——【第20号献歌】

****

即使我有更高的资格，我也不敢贸然尝试对泰戈尔的哲学进行某种解读，无论如何地简约。然而，泰戈尔本人却从不认为自己给《奥义书》的哲学带来任何一项新的内容，没有什么是真正崭新的思想。我个人很是钦服这种哲学，但我尤其欣赏泰戈尔的，则是他所赋予的那种生命情调，以及他极为精湛的表达艺术。

正是通过他自己的创造，通过他自己造物的世界，通过他这样的思想，才赋予了他的一些诗歌以最完美的生命。（第56号和第45号献歌）

也正是存在着这种完美，世界的幻境，或摩耶，在定义、解释与打开自身的过程中，最终让我们看见了智慧的心灵。（第71号和第68号献歌）。

泰戈尔有几个重要的讲演作品，它们最近结集为《人生的亲证》（*Sadhana*）一书。其中有几个段落可以作为这些诗篇的最好诠释。譬如，在“爱的亲证”一章的结尾，他如是说道：

> 这是真正的精彩，大自然在同一时间具有两个相反与对立的面向：一方面是奴役；另一方面是自由。在同样的形式、声音、色彩和味道中，我们可以听到两个相反的调子：一个是需求；另一个则是欢悦。外部的自然界，在无尽无休地繁忙和不安；她的内心却是全然的宁静与安详。
>
> ——《人生的亲证》

这不是一件极为奇怪的事情吗？——“你虽是无际的天空，你也是深深的巢穴。”我谈到的所有诗歌，其实都是受到了这双重感觉与情调的启发，下面这个迷人的段落，正是这种精妙的评论：

我们以植物的花为例，不管它看上去是多么美好雅致，但它却被迫接受巨大的任务，它的色彩与形式都要适应它的任务，它必须结果，否则将破坏植物连续的生命，大地也将在不久之后变为沙漠。因此花的颜色和香味都是为了某种目的，花一旦通过蜜蜂受粉，它的果实成熟期一到，它就落下优美的花瓣，严峻的自然秩序迫使它舍弃甘美的芳香，它没有时间来夸耀自己的美丽，因为它过分地忙碌。从外部看，必然性似乎只是自然界的一个要素，因为任何事物都要工作和运动，蓓蕾发育成花，花结成果，果变为种子，种子又长成新的植物，等等，这种活动的链条会完整地连续下去。这里万一出现某种干扰或障碍，绝不会被认可，这种运动着的不幸事物将立即被当作废料而被扼杀，并且很快地走向死亡，迅速地消失掉。在自然界巨大的工作场所中，有无数部门在从事着无穷无尽的工作，你在这里看到的美丽的花朵，色彩艳丽，气味芳香，像是一位花花公子。但是，实际上它并不像它的外表那样，而是一位在风吹日晒下辛勤工作的劳动者，它必须对它的工作提交一份明确的清单，它没有一点空闲去享受充满了欢乐的嬉戏。

但是当同一朵花映入人们的内心时，它的繁忙的实际景象就消失了，变成闲暇与休憩的真正象征。同一种事物在外部表现为无数活动的化身，而在内部却是美与宁静的最完善的体现。

——《人生的亲证》

在这里，我们会发现叔本华（Schopenhauer）在他的哲学里面建立起来的在“动”（motif）和“静”（quiétif）之间曾有过的那种分别。

****

认识二元性世界的这种永恒之相续，我们在泰戈尔的诗句中已经遇见过很多。但是，泰戈尔的用意，却是超越了此种“摩耶”，抵入至高的喜乐境界，如他在《人生的亲证》一书中所说的那样：

但是我们存在的另一极，其方向是朝着无限，并不是追求财物，而是追求自由与欢乐。在那里，需求性的支配结束了，在那里，我们的职能不是获得而是“成为”。成为什么呢？成为与梵合一的人，因为无限的领域是统一的领域。因此《奥义书》说："如果人领悟了至高的真理，他就会成为真理。"彼时，它是一种成就的境界，而不是占有更多。当你懂得了许多词的真实含义时，这些词就不会是随便的堆砌，由于它们与思想的一致而成为真实的。

虽然西方人已接受这种教义，宣布他与圣父的合而为一，并劝告他的追随者们应该像神一样完美地存在，然而这种观念从来不曾与我们和无限存在合一的观念相一致。它谴责说任何使人成为神的意图都是对神的一种亵渎。这种绝对至上的超然观念，肯定不是基督的教义，大概也不是基督教神秘主义者的思想，然而它似乎已经成为西方基督教中极为普遍与风行的思想。

——《人生的亲证》

相反，"成就为神"这样一种观念在印度教的传统中，却是如此强劲。在古时的仙家（Rishi），即《梨俱吠陀》（*Rig Veda*）里面那些令人景仰的赞美诗的作者那里，便已经开始了，展开我们这里的讨论之先，我们不妨以其中的"生主"为名的诗节为例：彼处，它援引了"Projapati"（生主）一名，作为对神灵的崭新的命名，其意为："众多造物者之主人"。

"当人们体悟到了这种完美的合一"，罗宾德拉纳特·泰戈尔在《人生的亲证》的另一处说道，"那就不仅仅是一种知识性的理念，彼时，已将我们的整个存在，开向了全然无量的辉煌意识，然后，它成就为一个发光的喜悦之流，一种无穷流溢的爱。”

这就是“梵我一如”的合一境界，在泰戈尔的《献歌》中则是如此表达的：

我像一片秋日的残云，无用地在空中飘荡。哦，我永远发光的太阳！你的触碰还没有蒸尽我的浑身水滴，使我得以与你的光辉合二为一。于是，我唯有细细数点着，那些与你分离的无数个日夜。

假如，这是出于你的愿望，假如它原本就是你的游戏，那么，就请为我那些无常的虚空生涯，镀上一层黄金、染上一些色彩吧，让它于肆意的风中漂浮、游荡，舒展出万种奇观。

而且，假如你愿意，愿意于今晚就结束这场游戏，那我会在这个黑夜里面，或是在洁白清晨的微笑当中，在它最是纯粹、最是透明的清凉中，让自己融化，把自己消解。

——【第80号献歌】

在这个“最是纯粹、最是透明的清凉”中，彻底消解了个体性存在，消解了个体性的悲伤、焦虑，还有个体性的爱情。

在毫无希望的希望当中，我开始在自己房子的每一个角落里找寻她；最后，一无所获。

我的房子实在太小了，东西一旦消逝，就再也无法找回。但是，我的主啊，你的府邸却是无边广大，为了找到她，我必须来到你的门前。

我站在那暮霭笼罩的黄金般的天穹之下，向你抬起了我饥渴的双眼。

我来到了这永恒的边缘，此处，万物圆满——没有空虚的希望，也无所谓人间的欢场，更没有一张透过泪眼观望的人的脸庞。

呵，就把我空虚的生命浸入到这个海洋里吧，把它投进那最深最深的圆满当中。让我进到宇宙的全然里面，感受一次，那曾经失去的、最是甜美的接触吧！

——【第87号献歌】

在《献歌》一书中，最后一首诗是写来赞美死亡的。我从来不曾发现，在任何其他的文学当中，我们会遇到这样一种深沉，同时又是如此美好的关乎死亡的声音。

跋文

东方道种智，证得依林薮

1

如今思来，真是奇迹一般，居然一气译完了罗宾德拉纳特·泰戈尔（Rabindranath Tagore）的《献歌》（*Gitanjali*），即我们通常音译为“吉檀迦利”者。时属印度的高温，酷热的暑夏之气盛大而无敌，我大概是身中热毒的中国朝圣者，在马不停蹄、密不透风的时间中高强度作业，几乎是在饮着甘美的诗篇，和着盛夏的繁华，终其篇章，而搁其笔墨。

唯愿此崭新的中文译笔能得着众人的欢喜，虽说是新译，却不得不向前辈译人与各个时期的译家致敬，尤其是民国时期的冰心译本，自有其不容无视的丰碑式的价值。

民国时期的白话翻译，因其语言尚在擦拭之间，别有一番朴茂拙劲之美在突显，自具一股不夺的气象。而现在的汉语则愈发腻滑，以至俗烂，好端端的意思，经常找不到半个鲜亮的语词或句子，收摄不住意思，呈现不出物像与人心，故有德国诗人盖奥尔格的感慨：“语词破碎处，万物不复存。”这其实也正是译人的内心甘苦，于此不一一细表。

有趣的是，译毕全卷，记得正好赶上了泰翁的生日。然而，第二天的夜晚，我住在加尔各答靠近恒河西岸的般若楼里，与印度的朋友聊天，他们突然告诉我说：明天是泰戈尔的生日！彼时的我不免一愣：他的生日不是5月7日吗，我们中国这边的诗翁之信徒们，还刚刚在“外国诗歌精选”的微信公众号上纪念过他呢！他们说：是的，那是英国提供的时间，而我们有孟加拉的日历，正好相差两天。原来如此！

泰翁的生日既是孟加拉地区的庆典，又是国家的节日。无论是东西孟加拉，还是那个与《吉檀迦利》的成书关系甚密的寂乡（Santiniketan，桑地尼克坦，意为“和平村”“沉静之乡”），都在举行系列的纪念活动。彼时，我曾拿出一帧泰翁与甘地的照片，问一些当地的大学生。他们笑着答曰：我们唯是喜欢泰戈尔，不喜甘地！

而我终于能够结束此一译事，似乎也当是得诗翁之授意了，曾几番梦魂与共，终于心愿得偿。可能，离他的住家之直线距离甚近，便是其中一个比重不小的原因，毕竟隔河相望，不过十来公里的路程。上海的一位朋友说："实得地力之助也！"愚甚以为然。

犹记得去岁初至诗翁在加尔各答城里之王侯一般的旧宅邸，还有此后三次朝圣之深刻印象。譬如，我第一次入其故居圣境时，恰如彻尽心源，直奔究境，故曾记之如次：

> 曾经的那个人算是什么呢？渺小的造物，失路的童子，骄傲、懵懂、无比虚妄，于无明深缠中，唯是沉沦与自弃。若非借着您的歌唱，以您诗国丰裕的光辉来照亮，今日还当于生的黑夜、死的迷途中徘徊，瞻前顾后，左右无望。有一种慈悲堪称盛大，如同恒河流溢，您盛装在身，却走下了高耸的王座，把他自尘埃中扶起，给出荣耀，给出道路与方向。故我有此劫波渡尽，艰辛历遍，一路礼拜而来的一万里的长梦，终于，抵入了您的门前，立在这里，梦想成真。

嗣后，我又随着泰戈尔的私人脚踪，朝觐过他曾经在喜马拉雅山生活的阿莫拉、拉姆格尔等僻静山区，那些旧日岁月曾行走过的圣者屐痕，犹如一个又一个时间之外的梦境。后来我也一并写入了《从大吉岭到克什米尔——漫游在喜马拉雅山的灵魂深处》一书中。

2

1913年12月10日，在瑞典的斯德哥尔摩Grand Hôtel举行的诺贝尔颁奖盛典上，由该届诺贝尔奖委员会宣布了当年的文学奖，颁给英属印度（British-Indian）的诗人罗宾德拉纳特·泰戈尔，其颁奖理由是：

> 由于他那至为敏锐、清新与优雅的诗句，出之于完美的技巧，并由诗人自己用英文翻译表达，使他那诗意盎然的思想构成了西方文学的一部分。

瑞典皇家学院的诺贝尔奖委员会主席哈拉德·雅恩（Harald Hjärne）在颁奖辞中说道：

> 泰戈尔的《吉檀迦利》（*Gitanjali*），即《献歌》，是一部宗教性质的颂诗，他的这部作品尤其引起了评委们的关注。去年伊始，这部诗集里面的作品，已经实实在在地归属到欧洲世界的英语文学里面了。虽然，就作者本人的教养与创作实践而论，他确实是一位印度语的诗人，但他却为自己的这些诗歌披上了一件新装，而这一新装在其形式与个人灵感的独创性方面，堪称完美。故使得英国、美国，以至整个西方

的文明世界里，那些对高雅的文学尚且抱有兴趣，并予以重视的人士能够接受与理解他的这些诗作。现在，各方面的赞誉纷涌而至……

彼时，因为泰戈尔人在西孟加拉葱郁林薮中的寂乡，不能亲与现场，便自印度发来一封电报，由英国的朋友克莱夫（Mr. Clive）代读，以之作为临时答辞，其辞云：

> 我向瑞典皇家学院致以衷心的谢意，感谢这种恢宏的理解，俾使遥远的距离变短，陌生的人们成为地上的兄弟。

我曾在另外一个地方说过，虽然凭其薄薄的一卷《吉檀迦利》获得了诺贝尔文学奖，整个过程看似事出偶然，其获奖也的确充满了戏剧性，其中，无论缺少哪一个环节，都不会有后来的文学历史。但我认为，泰戈尔获奖，非仅泰戈尔之荣幸，更是诺贝尔文学奖的荣幸，是它一百多年的颁奖史上最值得庆幸、最无争议的一次颁奖，理由很简单，因为它把这诗歌奖直接颁给了诗神，没有比这种颁奖更准确的了！自此，一个区域性的文学奖，也真的如设奖人之最初遥想，成了世界性的奖项，亦成了全球化文明的一个重大标志。

换言之，此一获奖事件不但改变了文学与文化的世界格局，甚至一定程度上还改变了文明史的整体进程。因为，东西方文化的角色借此得以重新调整，并进一步激发了当时业已于欧洲文明世界渐渐弥漫开来，以斯宾格勒、凯瑟琳伯爵等人为代表的西方文明的怀疑论与没落论。获奖第二年，第一次世界大战爆发。

直至1921年5月，诗人泰戈尔终于有机会到了瑞典的斯德哥尔摩，在他那份迟到的诺贝尔奖的长篇答谢辞里，他充满深情地说到了那个著名的寂乡：

> 在那里，我每个白日都在啜饮着这份欢乐。而在傍晚，日暮时分，我又经常一个人独坐着，望着林荫道的树木洒下了阴影，在那种静默中，我还可以清晰听到孩子们于空气中一直流荡不已的回声。在我看来，这些喊声、歌声与欢笑的声音，就像那些高大的树木，它们是自地心中生长出来的，如同生命的喷泉一般，直指天空那无限的怀抱。它是一种象征，它鼓舞了我的思想与意志，人类生活中的一切呼唤——从人类的心灵，到这个无垠的苍穹，把人的所有欢乐和愿望都一起表达了出来。

并且，诗人还论及了这部《吉檀迦利》于寂乡的创作：

> 在这种气氛与环境中，我完成了我的诗集*Gitanjali*，我

在印度的天空布满辉煌星子的中夜，常把这些歌唱给自己听。在晨光中，在午后的闲暇里，在日落时的暮色中，我曾一一地把它们写下，直至新一日的到来，我感到了彼种创造的冲动，我遇见了广大无边的世界的心灵。

3

寂乡，即“Santiniketan”，这个名字取自印度古奥义书中的祝福之语“Santi”（和平），亦有人袭其声音，叫作“香缇”者，其实皆源出古时印度人的森林梦想。这种祝福与梦想，乃是古人从天地自然那里领受过来的生命启示：人，不是争竞的异族，而是互助的同类。加之人类个体先天的脆弱，无法孤独如兽，寂寞如神，在关系的隔绝当中，力量、智慧与慈悲，皆会萎靡不振，故启之以此种祝福，以谋求存在界的至大和谐。

这块充满田园风光的孟加拉僻静之所，原是诗人的父亲德本温德拉纳特·泰戈尔选中的，是“作为他的生命与神交流的适宜之所”。而复又作为永久性的馈赠，指定这个地方供给那些为沉思和祈祷而追求宁静和隐居的人们使用。如今已经被诗人办成了举世闻名的印度国际大学（Visva Bharati），这是由诗人泰戈尔于1901年开始造梦，直至1921年初步缔造完成的和平之乡。在那份答谢辞里，他明其初心：

> 我决心创建一个国际性的组织，令西方和东方的学生可以在彼处相会，分享着共同的精神盛宴。……把这所大学当作东西方文明的共同桥梁。愿他们能够以自己的生命为之献策建言，做出贡献，让我们一起努力，使它富有生机，以代表这个世界永不可能分割开来的真实人性。

几十年下来，它已经为印度培养出许多第一流的人才，譬如著名舞蹈家李·古塔米、共和国总理英迪拉·甘地、诺贝尔经济学奖获得者阿马蒂亚·森等。

我们知道，泰戈尔虽是一个受人尊崇的婆罗门家族之后裔，但这个家族也曾因历史原因，与穆斯林有过一些瓜葛，故反而不被那些自诩尊贵的婆罗门家族看重，这或许倒成就了此家族的革命性基因。确实，它已在许多领域都证明了其杰出而不凡的智力禀赋，无论是哲学、艺术，还是宗教。在他们的家中，不仅体现着高雅的艺术教养，而且对古圣先贤的智慧与吠陀精义深为敬重，那些经文与颂赞，也常常在他们家族的礼拜当中使用着，尤其是精神高迈，远愈尘间种种俗谛的《奥义书》圣典。

除了广受人们敬戴、被誉为“大仙”（Maharaj）的父亲德本温德拉纳特·泰戈尔是印度近代新兴宗教社团“梵社”的第二任领袖之外，家族中傲视群雄的豪杰尚有不少，据印度的一位朋友告诉英国诗人叶芝：

……好几代伟人，都从这个家族的摇篮里面诞生。今天，这个家族里面就有葛贡德拉纳特·泰戈尔（Gogonendranath Tagore）和阿班尼德拉纳特·泰戈尔（Abanindranath Tagore），他们都是艺术家；而罗宾德拉纳特的兄长德维金德拉纳特（Dwijendranath Tagore）则是一位伟大的哲学家，松鼠会从树枝间出来，爬到他的膝盖，小鸟们则会飞到他的手上栖息。

4

时轮转换，甚是迅捷。记忆中的八月总是炎热的，加尔各答这个时候居然如此凉爽，这是我殊未料及的。夏日的杧果与椰果虽是我日常的必备美物，然风中吹动的气息，分明是中国南部早秋的意味。此间八月份的西孟加拉，属天时中的雨季，落入我眼目中的一切，无不惊动了深心中最是恬静与和平的梦。这些时候，我除了与自然的诗心为伍之外，正可借此，进驻圣诗人罗宾德拉纳特·泰戈尔幽深的思想当中。

我便是在这样的时节，访问泰戈尔念兹在兹的教育与诗的圣地：加尔各答北郊的寂乡及藏身葱郁林薮中的那个印度国际大学。

我已经记不清自己这是第几次踏上豪拉这个火车站了。豪拉站（Howrah）边上的许多房子，尤其这个火车站广场，至今还是英国人初造的风格，想想一百年前铁路尚属罕物的旧时岁月，这种工程堪称硕大无朋，教人扬眉吐气。而英属印度的农产品诸如棉花、咖啡，还有需求与产量日益高涨的东方茶叶，借之运往西南的海港，再转移至不列颠。就彼时的大英帝国而言，美国独立后的所有经济依赖，大体以印度为最，故成了帝国最重要的经济支柱。这使得印度内陆的交通开始了蓬勃的发展，铁路网覆盖了各大城市，孟买、马德拉斯、贝拿勒斯、德里，还有原东印度公司的首善之区加尔各答。印度铁路线的总里数，远远超过了英法等欧洲的领主国家。光绪十二年（1886年）的中国人刚刚看到铁路的好处，准备修建中国的铁路时，彼时的印度已经拥有了将近三万公里的铁路线。

如今，岁逝月移，令人惊诧的是，它们居然仍是一百年前的旧物，旧式的模样，旧式的设施，故不免有些破败。

这次，我为了赶赴寂乡的国际大学，故搭乘豪拉通往波尔普尔（Bolpur）的第12337号列车。这是较好的选择了，无论是时间，还是车厢空调的品质。波尔普尔是去往寂乡的最后一站，保证了和平村的宁静。一百多公里，运行三个小时，若是不与中国大陆的动车速度相比较的话，在这里已属人们的首选了。

由于泰戈尔后半生超过四十多年的苦心经营，这里早就闻名全球，成了世上无数热爱这位圣诗人的重要朝觐之地。包括几代的中国人，记住名字最深的，恐怕也是这个地方了。而且，这里的中国学院自1937年创建，今年也将迎来它八十周年的院庆。

1924年的春天，泰戈尔曾专程拜访过中国，诚然，他的祖父、他的父亲也都先后去过中国，唯只是与沉默的旅人一样，并不是一位恰当的文化信使。最后一个佛教徒带着佛陀的慈爱与和平信息去中国一事，更是已经过去了一千多年了。而泰戈尔确是想恢复两国的古老文化与传统的联系。这种联系在如此漫长的岁月里曾一直沉寂。可以说，自佛教衰落以来，印度还从来没有出现过如此优秀而又声名显赫的文化大使。

泰戈尔自中国回来之后，便一直谋划在国际大学创建“中国学院”一事。此后复得民国政府资助，陆续邀请中国的学者访学、施教。湘人谭云山，是中国学院于1937年正式创立时的首任院长，至1968年退休，而诗人徐志摩、哲学家徐梵澄、画家徐悲鸿、佛门大德太虚上人、学者季羡林等，还有周恩来总理，都曾到访过此所著名的大学。

这次我赶赴和平之乡，颇希望搭乘上这一个和平的祝福，以回给这个喧嚣与不安的世界。刚刚踏入列车里的空调舱，我便看见了泰戈尔的两张大幅照片，悬挂在车厢里，似乎成了“泰戈尔专列”。而他目光中安定的气质，一如往常，一泓深水，静静地凝视，看着我们，看着这个世界。

我拜访了国际大学，也拜访了大学里面的中国学院，与院长阿维杰特（Avijit Banerjee）见面。从2011年9月上任伊始，阿维杰特先生已经担任了将近八年的院长。在他的院长办公室里，我看到了挂在墙上，由中国政府于2014年9月19日颁发的“和平共处五项原则”友谊奖的奖框，下方还挂着中国的吉祥物：一幅熊猫图。

另外，我也朝觐过泰戈尔诗歌中的灵感之源：库拜河（Kopai River）。彼时，我是在寂乡的暮色中拜访了这条河流的，一路上真是铺满了诗人诗歌中的音乐、色彩与韵律，我看到根须匝道的大菩提树（Banyan），遇见了安静的莲花湖，还与乡间漫步的牛羊陌路相逢，一直到了库拜河的桥上，“在库拜河河水的潺潺流动当中，有着与我的诗歌类似的一种自然节律”。泰戈尔曾经这样深情回忆。我也似乎被寂乡的这种无尽诗情触及了深心，如同亘古的残梦，教人欢喜，复又教人词穷。

5

这次在国际大学，最让我惊喜的则是，殊无心绪准备，我居然在大学院墙外面的一家旧书店里，品尝到了“如获至宝”的激动感觉——我意外地遇见了那份特殊的《吉檀迦利》手稿复本！

当然，我一直知道传说中有这样的一份手稿。

彼时，诗人泰戈尔正在抑郁与病痛的特殊岁月。起初，是自己的妻子劳瘁离世；然后，最是心爱的智慧超群的二女儿生了肺病，在十二岁幼龄早早夭亡；最后，连最小的儿子也因霍乱离开了他。怀着至亲的人相继离世带来的深深沮丧和疲惫，复又出于一种百无聊赖的心境，他在东孟加拉帕德玛河畔的什拉依德赫养病期间，把自己三个孟加拉诗集《渡口》《祭余》《献歌》，以及发表在加尔各答的一些孟加拉语诗歌，抽出了一百来首，译成了英文，涂涂改改，形成了一个新的诗歌集子，后来他把这单个英文手稿本也取名为《献歌》（*Gitanjali*）。嗣后，泰戈尔在寂乡消磨了一些时辰，便偕同自己的长子和儿媳，带着这唯一的一份手稿，于1912年5月27日出发，去了英国的伦敦。

甫至伦敦，他们一行投宿在伯乐姆斯布利旅馆里，就在这里，一件不幸事故的发生，几乎改变整个事件的进程。泰戈尔的儿子后来回忆到，他们提着父亲的一个书包，里面装着英文《吉檀迦利》的手稿和一些书信。在乘坐从查林卡洛斯到鲁塞尔广场的地铁时，他们把书包遗落在车厢里了。翌日清晨，当泰戈尔向他们索取书包时，才发现了这个重大的失误。万幸的是，他们事后在失物招领处找回了它，于是，便拜访英国友人罗森斯坦。

在印度时，泰戈尔已经认识了英国画家威廉·罗森斯坦，他是自己的画家侄儿阿班尼德拉纳特·泰戈尔（Abanindranath Tagore，1871—1951）的一位英国朋友，他知道罗森斯坦喜爱自己的诗歌，故抵达伦敦后，便直奔罗森斯坦的住处，把载有自己英译的这个诗集手稿交给了他。最终由后者带入了伦敦那些高级的文学圈子。

“那天傍晚，”罗森斯坦写道，“我读了那些诗，感到这是一种崭新类型的诗，是神秘主义最高水平的伟大诗作。当我把那些诗歌给爱德鲁·布莱德雷看时，他同意我的观点：‘看来，一位伟大的诗人终于来到了我们中间。’我也通知了叶芝。起初，他并没有作积极回应，但当我再次写信给他时，他让我把一些诗作寄给他，他读了那些诗后，也与我们一样地兴奋。他赶到了伦敦，仔细地阅读了全部的诗歌。”

据叶芝的回忆，这份手稿有一段时日，自己是随身携带的，他说：

> 这些诗歌的译稿，我随身携带了好一些日子，我在火车里面读它，在公共汽车中，或者餐馆里面读它。我时常不得不把它合上，以免陌生人看到我那种受感动的样子。这些抒情诗篇——据我那些印度的朋友告诉我，其孟加拉原文是充满了微妙的节奏，充满着任何别的语言无法翻译与传递的轻柔色彩，还充满着诗韵与格律的新发明。这些诗歌显示了我毕生梦寐以求的境界。

于是，借着叶芝的推崇，更是在伦敦的文学圈子内，引发了爆炸一般的影响，人们似乎是相信了诗歌之神亲自化身降世了。熟悉诗稿的庞德说，“诗篇中的这种深邃的宁静的精神，压倒了一切。我们突然发现了自己崭新的希腊……当我向泰戈尔先生告辞时，我确实有那么一种感觉：我好像是一个手持石棒、身披兽皮的野人”。后来成为泰戈尔终生挚友的安德鲁斯这样记述他听到叶芝诵诗时的感受：“充满着这种朴素英语的回声的声浪，像孩童优美的声音，完全慑服了我。我在深夜里，在袒露的天空下，一直踯躅到东方之吐白。”总之，此等崇奉的消息，在英语世界里很快传扬开来。

最后，泰戈尔便被以诗人斯塔杰·穆尔（T.Sturge Moore）为首的“英联邦皇家文学学会”提名为1913年诺贝尔文学奖的候选人，推荐给瑞典斯德哥尔摩的皇家学院。

在一本旧式的书籍里，我看到过这封推荐信的内容，是穆尔写给瑞典皇家学院“诺贝尔奖委员会”的存档，信中如是说道：

主席先生：

作为英联邦皇家文学学会的成员，我荣幸地向你们推荐

罗宾德拉纳特·泰戈尔

他是我认为授予诺贝尔文学奖最为合适的人选。

斯塔杰·穆尔

于是，我们所知道的后面的那些事情，便逐一发生了。

6

彼时，拿到那个手稿不久，罗森斯坦便向英国的“印度学会”负责人建议，认为它们应该为泰戈尔出版这份手稿。而叶芝也同意了为该诗集制序一篇。这样，《献歌》英文本第一版的七百五十册就这样在伦敦问世，然而，仅二百五十册供市场销售与流通。故而又在罗森斯坦的坚持之下，麦克米伦公司再次出版了普及本，此事发生在1913年宣布诺贝尔奖之前。

当时，出版一位不知名的印度人的作品无疑得承担相当的风险，出版者必然要提出一些要求。“稍微犹豫了一下，最后，麦克米伦出版了罗宾德拉纳特的全部作品，出版商和诗人均沾溉获益。”为此，麦克米伦公司的业务得到了巨大的回报，泰戈尔的系列作品，以及他的自传，还有后来他父亲的自传，亦由之在欧洲先后问世，备受欢迎。所以，泰戈尔把《献歌》这一诗集，献给友人罗森斯坦的友谊，无疑是适宜的。

有意思的是，后来在英国和在印度，为数不少的评论家却有些怀疑：从来未曾用英文创作或出版过任何著作的泰戈尔，其英语竟然会如此漂亮！他们便把《吉檀迦利》的成功，归因于英语诗人叶芝，认为在他把手稿藏于其身之际，或是重写了这些诗歌，或是进行了彻底的修改。这种猜测当时在一些地方广为流传。

所以，那一个手稿，在我们看来非但甚是关键，复又如此神秘。而我，这次在寂乡，就在加尔各答的北郊，发现了旧迹斑斑的手稿印刷本。

我从那家旧书店出来时，起初还以为这只是一般的泰戈尔诗歌手稿，直至我回至宾馆，一经打开，才真是喜出望外，我手中所拿着的，正是那个神秘手稿的原件复本。而且因内文一仍旧貌，几无修改，也再次证明了这本诗集确是诗人泰戈尔的原创无疑，颇印证了罗森斯坦的话：

> 我知道，在印度有一种说法，认为《吉檀迦利》的成功主要应归功于叶芝，他改写了罗宾德拉纳特的英文本。可以很容易证明，这种说法是错误的。英文和孟加拉文《吉檀迦利》的原始手稿都由我保存着。叶芝是做了一些修改，但主要的内容，均出自罗宾德拉纳特的手笔。

7

但究竟是什么原因促使了当年瑞典的“诺贝尔奖委员会”最后把这顶荣誉的桂冠，奖给了这位名不见经传的孟加拉诗人呢？那一年的文学奖竞争非常激烈，获提名的主要作家有28人，其中有英国的名作家哈代（Thomas Hardy），西班牙的盖勒道（Benito Perez Galdos），有意大利、瑞士、丹麦、芬兰、瑞典、比利时、法国、德国等国卓尔不群的杰出候选人。

皇家学会的成员斯塔杰·穆尔爵士虽然提出了最初的建议，然委员会的主席团还是不免有些犹疑，该《献歌》中，有多少是泰戈尔自己的创作，又有多少是以“作为古典印度诗歌的仿作”而存在，殊无把握。后来在1916年获得诺贝尔奖的瑞典诗人维恩·冯·海登斯坦写道：“正如选择歌德的诗歌，可以说服我们歌德的伟大，即使我们不熟悉他的其他作品。所以，我们可以十分肯定地说，这些诗歌，被泰戈尔写出，这个夏天它们到了我们手中，而通过对它们的阅读，我们已经认识了我们自己这个时代最伟大的诗人了。”这也许是当时最有决定性的意见。据说，诺贝尔奖委员会中，有一位学者是通晓孟加拉文的，他阅读了孟加拉原文，深加激赏，甚至认为远胜英文译本的《吉檀迦利》。结果，在公正地审查时，以13票中的12票，肯定了泰戈尔的卓越成就，而荣膺1913年的诺贝尔文学奖。

至于“*Gitanjali*”这个诗集名字，其意义为“献歌”（Song Offerings）。为什么命之以“歌”，而不是“诗”呢？这一关键，泰戈尔自己确实是有着很深的生命经验在里头的，譬如，他曾如此提到自己在寂乡关于《吉檀迦利》一书的书写过程：

> 歌曲并不是为少年的心灵而特别创作的，而是一个诗人为自己的欢悦而写作。实际上，我的《吉檀迦利》所表达的诗

歌大部分是在这儿写成的。当诗刚一写成，还是如鲜花初开的时节，我便把这些诗歌唱给孩子们听，他们聚在一起，学唱这些诗歌。到了七月，在闲暇时间，在雨季即将来临的黄昏，在夜晚的月光沐浴下，孩子们就围坐在露天欢唱这些歌儿。

我想，单就“歌”与“诗”的区别而论，以歌（song）命名，更属于人类的共同体，近乎永恒；而以诗（poem）命名，则只是属于小范围的阶层，行犹不远。作为深谙存在界的万物同伦、人类一体的神秘经验的诗人，泰戈尔所追求的，正是彼种普遍的、永恒的、无限同情共感的生命精神，无论是就其文学，还是就其教育言，皆是如此。诗人叶芝曾把泰戈尔比作英国诗人乔叟与那些民间先辈，他们为自己的作品谱曲，流行于通邑大都、广远河海：

随着时间的流逝，旅人们在大路上、舟子们在河岸边，他们皆会咏诵与歌唱着这些诗篇，恋人们在彼此等待的间隙，也会低首吟哦，并且会发现，这里面那种对上帝的爱是一个神奇的海湾，因为他们自己痛苦的激情居然可以沐浴其中，而重放青春的生气。

在每一个时刻，这位诗人的心会向这些人打开，并且毫无自贬身价、折节下交之意，因为这些人会理解它，因为它的里面充满了他们自己的各种生活情境。

正因如此，泰翁在孟加拉，甚至整个印度都是广受崇拜，《吉檀迦利》里面最初的孟加拉诗歌都是可以演唱的，然而现在，它居然以另外一种语言，即英语进行重新表达时，依然能够神足气圆、形神兼备，则实属不易。

而这一切成就的获得，除了诗人的卓越天资，诗人思想的深邃蕴藉外，我们或许不可忘记是寂乡这个田园与森林遍布的和平之地，曾给予了诗人重要的灵感。

1941年5月，诗人病体衰微，只好告别了寂乡，告别他晚年最是苦心经营的印度国际大学，这传递世界和平与人类大同梦想的地方。诗翁逝世之后，中国的哲人方东美先生曾有诗一首专门志念泰戈尔，他颇是敏锐地指出，泰戈尔所受的诗的天启，与寂乡的林薮蓊郁之自然环境关系甚密，故诗云：

东方道种智，证得依林薮。
园丁新月夜，玄览净群有。
归神托性天，博大真人后。
灿烂死中生，发心狮子吼。
逝者全其天，荣名长不朽。
生人绵博爱，万古以为寿。

8

我们知道，罗宾德拉纳特·泰戈尔不但是一位诗人，同时还是一位靠近精神圣域的社会行动家。在五天竺的漫游途中，我曾遇见过无数的人们，不分僧俗，对他一律充满敬重，甘地誉之为“圣师”实在并无夸张，允为当之而无愧。在印度的文化里面，最完美的人一生都当致力于两个使命：第一，自我证悟；第二，服务社会。没有前者，后者是盲人；没有后者，前者是瘸子。就泰戈尔而论，所谓“自我证悟”，就是一位生命的歌者，即诗人泰戈尔的诞生；所谓“服务社会”，即社会与文化的行动者，或教育家泰戈尔的诞生。

为了让广大读者对《吉檀迦利》以及泰翁的诗歌与生命思想有一些较深入的了解，本译收录了几篇重要的附录，也附上一些不易见着的图片，还有当年各种各样的报章剪辑，以及从不同的语种与译本里面对该诗集的各种导论性质的精选摘录，希望能够给中国的读者对诗人，尤其是他的《吉檀迦利》（*Gitanjali*）有一种相对确切的认知与感觉，以明了它首次登上人类文明的国际舞台所造成的巨大冲击。

此书得以译成，并最终出版问世，首先必须感谢近百年以来，汉语译界几代译家的共同努力，他们使得《吉檀迦利》这一部诗集的用语，保持了罕见的纯粹与精神上的明亮，吟诵之间，咳唾落九天，随风生珠玉，令人心神俱醉，迷恋至今，二十年以来，无日或忘。我是相信的，这些译家，他们对诗人泰戈尔皆有着发自深心最真实的喜爱，此从民国时候的陈独秀、郑振铎、冰心老人等开始，一直到当代的吴岩、白开元、林志豪等先生，作为诗性精神愚蒙得开的后来者，我理当向他们致意，感谢他们为泰戈尔的汉语转译工作代代相继所做出的卓越贡献。

当然，我应该向为拙译制序的两位学者孙宜学教授、徐达斯先生表示感激之情。孙宜学教授是泰戈尔的中国知音，也是国内不多的一直在孜孜不倦劳作，并致力于为泰戈尔与中国的友谊进行深度史料挖掘的学者。凭我原先的粗浅了解，他是一位学者、一位优秀的译家，然而，他还是一位诗人，这是我所意外的，也是我所深为惊喜的，故蒙他赐序，深感荣幸。徐达斯先生专攻史前文明，对古印度的文化和瑜伽哲学皆有独到而深入的理解，兼之学殖丰赡博洽、悟力远届天人，中西冶铸，梵道会通，我一向以为，他是前辈学者徐梵澄先生之后，可以承其余绪，而把印度精神说下去的学人。他为本诗集所写的序言独树一帜，以印度孟加拉地区的巴克蒂传统为此序文的背景与源流，溯清了泰戈尔诗篇里面彼种宗教精神之来路，此在汉语学界，道人之所未道，言人之所未言，其文堪称弘篇炬眼，愚深以为然，得此文增辉，更是深以为幸。

最后，我必须感谢广西师范大学出版社的编辑华迅和设计师李猛的细致劳动，而这一切又起于张杰兄长，令人感怀。因各种因缘所助，我与张杰兄相遇于京师，复又得殊胜良机，在印度时便得知，拙译有望在此素有盛誉、钦慕已久的出版社问世，心中欢喜。还有，我应该感谢那些在彼种特殊的黑夜里面，一直能够共感共情的诗人朋友、学者朋友、学生朋友们，感谢他们曾以不同的方式，在不同的场合传播与流转这个译本。尤其是来加尔各答专程访我的由马菁带队的瑜伽学生们，她们是马菁、赵丽、王笑微、沈爱琴、陈维柯与杨真真。彼时，是杨真真的一句话勾起了我对泰戈尔的深层记忆，便有了译诗的冲动。赵丽还在渡河之后，留下了一段文字：

> 天竺之行，前世今生。恒河之上，师徒共舟。传道解惑，欢欣之声。宛在耳畔，挥别黄昏。心焉戚戚，人焉茫茫。云聚云散，福喜相随。

当然，我还愿意毕生铭志莫忘的定然是：印度加尔各答的那座位于恒河边上的精美神庙贝鲁尔（Belur Math）与辨喜大学之邀请；位于该城北郊寂乡的印度泰戈尔国际大学中国学院之帮助。此文制成，勉强作了这样一份跋文，亦多少可以为这一部诗集的最后工作画上一个久欠未赎的句号。

9

尚需说明的是，我个人虽对该诗集情有独钟，二十年的阅读史，堪是我最上心喜的诗歌集。然毕竟天赋所限，此新译之文字功力多有未逮，而泰翁所给出的精美妙义确实深不可测，这是最高的“诗的哲学”，它透过了生死难关，光辉熠熠。故即便黾勉自期，求译辞之博洽，然可商可议处必是不少，还望方家指正。此处，我想还是用泰戈尔自己的话语来结束此篇后记，让诗歌的香气萦绕、舞动，令百年之后的我们，也是满心欢喜，满身清香：

> 你是什么人，我的读者，百年之后读着我的诗？我无法从春天的财富里送你一朵花，也不能从天边的云彩里赠你一片金色的云霞。
>
> 请打开门来四望吧。从你群花盛开的花园里，采集百年前消逝了的花儿的芬芳记忆。在你心灵的欢乐里，愿你又感觉到一个春晨吟唱的活的欢乐，正把它自己的妙音声，传过了一百年的时光。

闻　中

丁酉年印度雨季，初稿于恒河水岸般若楼

丁酉年中国冬天，复改于杭州古墩路

戊戌年仲春花开，三改于杭州古墩路